元刊稼軒長短句

[宋] 辛弃疾 撰

中國書店

圖書在版編目（CIP）數據

元刊稼軒長短句 /（宋）辛弃疾撰. — 北京 ：中國書店，2021.5

（高士雅集叢書）

ISBN 978-7-5149-2758-0

Ⅰ. ①元… Ⅱ. ①辛… Ⅲ. ①宋詞－選集 Ⅳ. ①I222.844

中國版本圖書館CIP數據核字(2021)第026750號

元刊稼軒長短句

[宋] 辛弃疾　撰

責任編輯：劉深

出版發行：中國書店
地　　址：北京市西城區琉璃廠東街115號
郵　　編：100050
印　　刷：藝堂印刷（天津）有限公司
開　　本：787毫米 × 1092毫米　1/16
版　　次：2021年5月第1版　2021年5月第1次印刷
印　　張：28
書　　號：ISBN 978-7-5149-2758-0
定　　價：175.00元

内容提要

《稼軒長短句》是南宋著名政治家、軍事家、文學家辛弃疾的詞集。辛弃疾（一一四〇—一二〇七），字幼安，號稼軒，山東歷城人。二十二歲時在濟南南部山區率衆起義，加入耿京的抗金義軍，任掌書記。不久歸南宋，歷任湖北、江西、福建、浙東安撫使等職。任職期間，積極采取强兵安民的措施。一生的政治、軍事、文學活動多與抗擊金兵、收復失地有關。其文學成就以詞爲主，是歷史上著名的愛國詞人，與蘇軾并稱『蘇辛』，其詞在思想和藝術成就上達到了宋詞的新高峰。

《稼軒長短句》大約成書于開禧三年（一二〇七）辛弃疾辭世之後，自宋代起就有多種版本流行。傳至現今的版本主要有兩個系統，一是四卷本，一是十二卷本。四卷本基本上保持了宋本的原貌，有較高的文獻價值，爲研究辛弃疾提供了豐富的資料。但收詞較少，比十二卷本幾乎少了三分之一。中國國家圖書館藏元大德三年（一二九九）鉛山廣信書院刊本《稼軒長短句》爲十二卷，共輯録辛弃疾詞五百七十三首，傳世孤本，卷十二後有『大德己亥中吕月刊畢于廣信書院，後學孫粹然、同職張公俊』兩行。辛弃疾南渡後，居鉛山、上饒兩地時間最久，并于開禧三年卒于鉛山。所以此處所説的廣信書院，疑即鉛山之稼軒書院。此書卷一第一頁版心下鎸『信鉛暢叔仁刊』六字，『信鉛』爲信州鉛山縣之簡稱。鉛山、上饒宋時均屬信州。

《宋史·藝文志》著録有『辛弃疾長短句十二卷』，《直齋書録解題》亦著録有『稼軒詞四卷，又信州本十二卷』。而宋代信州本不傳，此廣信書院刻本，疑爲覆刻宋信州本。此十二卷本流傳比較廣。明嘉靖十五年（一五三六）王詔刻《稼軒長短句》十二卷，嘉靖二十四年（一五四五）何孟倫刻《辛稼軒詞》十二卷，皆出自此本。明末汲古閣刻《六十名家詞》中《稼軒詞》雖并爲四卷，而編次與信州本同，亦根據嘉靖本覆刻。由此可見此元本淵源之古，文物和文獻資料價值之高。

全書均采用行書寫刻上版，筆墨飛舞，字畫圓潤秀麗，疏朗悦目，獨樹一幟，是元代刻書中不可多得的藝術珍品，具有很高的藝術欣賞價值。

清顧炎武稱『宋元刻書，皆在書院』。的確，元代刻書的許多精品皆出自書院。當時主持書院的山長多爲著名學者，他們親自校勘，又以學田收入作爲刻書的經費，所以書院刻書大多非常精緻。其精緻程度從此書可得領略。

由于此書價值珍貴，故其迭經名家收藏，清初藏蘇州朱之赤家，嘉慶時爲著名藏書家黄丕烈所藏。黄丕烈在其跋文中稱：『余素不解詞，而所藏宋元諸名家詞獨富，如《汲古閣珍藏秘本書目》中所載原稿皆在焉。然皆精抄舊抄，而無有宋元槧本。頃從郡故家得此元刻《稼軒詞》，而嘆其珍秘無匹也。《稼軒詞》卷帙多寡不同，以此十二卷者爲最善，毛氏亦從此抄出，惜其行款、體例有不同耳。澗薲據毛抄以增補闕頁，非憑空撰出者可比……』當時顧廣圻館于黄丕烈家，書中原缺的三頁，由顧廣圻據黄丕烈藏毛氏汲古閣抄本，檢原書所有之字集而補抄，使此書復全。

書中鈐有『袁氏魚叔』『夢鯉』『朱之赤印』『朱之赤鑒賞』『黄丕烈印』『蕘圃』『廣圻審定』『曾藏汪閬源家』『宋存書室』『四經四室之齋』『楊紹和讀過』等印。表明原書由黄丕烈轉歸汪士鐘所有，後入藏楊以增海源閣。近代著名藏書家周叔弢先生得于海源閣後，慨然捐獻中國國家圖書館。

本書還有清黄丕烈、顧廣圻跋以及陶梁、瞿中溶、汪鳴鑾、王鵬運、許玉瑑等名家題款，不僅具有重要的文獻價值，還極具觀賞價值。

中國國家圖書館　薛文輝

二〇一九年八月二十日

目録

稼軒長短句卷之七

余素不解詞而所藏宋元諸名家詞獨富如汲古閣珍藏祕本書目中所載原稿皆在焉然皆精抄舊抄而無有宋元槧本頃從郡故家得此元刻稼軒詞而歎其珍秘無匹也稼軒詞卷帙多寡不同以此十二卷者為最善毛氏亦從此鈔出惜其行款體例有不同耳澗蘋據毛抄以增補闕葉非憑空撰出者可比而洞僊歌中缺一字抄本亦無因以墨釘識之其十一卷中四之五一葉亦即是卷七之八一葉之例非文有脫落而故强就之也是書得此補足幾還舊觀至于是書精刻純乎元人松雪翁書而俗子不知妄為描寫可謂浮雲之污甚至强作解事校改原文如卷十中為人慶八十席上戲作有云人間八十最風流長貼在兒兒額上校者云下兒字當作孫澗蘋以為兒兒或是奴家之稱二語

之意當以八字作眉字解知此則改兕為豯豈不大可笑乎本擬滅此幾字恐損古書故凡遇俗手描寫處皆不滅其痕後之明眼人當自領之

嘉慶己未　黄丕烈識

稼軒長短句目録

卷之七

卷之八

卷之九

卷之十二

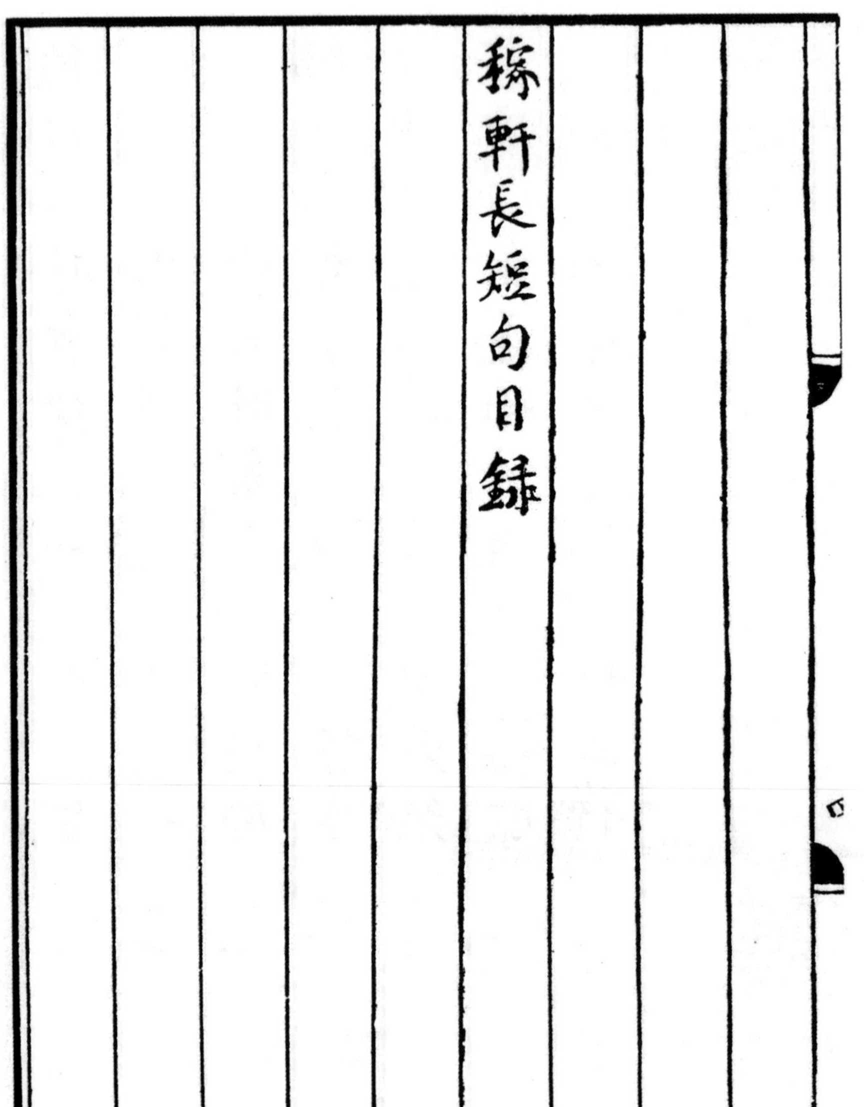

稼軒長短句目録

稼軒長短句卷之一

哨遍

秋水觀

蝸角鬬爭左觸右蠻一戰連千里君試思方寸此心微總虛空并包無際喻此理何言泰山毫末從來天地一稊米嗟小大相形鳩鵬自樂之二蟲又何知記跖行仁義孔丘非更殤樂長年老彭悲火鼠論寒氷蠹語熱定誰同異　噫貴賤隨時連城纔

換一羊皮誰與鑄萬物莊周吾夢見之正商略遺篇翩然顧笑空堂夢覺題秋水有客問洪河百川灌雨涇流不辨涯涘於是焉河伯欣然喜以天下之美盡在己渺滄溟望洋東視踆巡向若驚嘆謂我非逢子大方達觀之家未免長見悠然笑耳此堂之水幾何其但清溪一曲而已

用前韻

一壑自專五柳笑人晚乃歸田里問誰知

幾者動之微望飛鴻冥冥天際論妙理濁醪正堪長醉從今自釀躬耕米嗟美惡難齊盈虛如代天即何必人知試回頭五十九年非似夢裏歡娛覺来悲憂乃慷蚿觳亦云羊算来何異

嗜物諱窮時豐狐文豹罪因皮富貴非吾願皇皇乎欲何之正萬籟都沈月明中夜心彌萬里清如水卻自覺神遊歸来坐對依稀淮岸江涘看一時魚鳥忘情喜會我已忘機更忘已又何

曾物我相視非魚濠上遺意要是吾非子但教河伯休慙海若小大均為水耳世間喜慍更何其笑先生三仕三已

趙昌父之祖李思學士退居鄭圃有亭名魚計宇文叔通為作古賦今昌父之弟成父於所居鑿池築亭榜以舊名昌父為成父作詩屬余賦詞余為賦哨遍莊周論於蟻弃知於魚得計於

羊弃意其義美矣然上文論虱託於豕而滑焚羊肉爲蟻所慕而致殘下文攙併結二義乃獨置豕虱不言而遽論魚其義無所從起又間於羊蟻兩句之間使羊蟻之義離不相屬何耶其必有深意存焉顧後人未之曉耳或言蟻滑水而死羊滑水而病魚滑水而活此最穿鑿不成

義趣余嘗反覆尋繹終未能得
意安必有能讀此書而了其義
者他日倘見之而問爲姑先識
余疑於此詞云爾

池上主人人適忘魚魚適還忘水洋洋乎
翠藻青萍裏想魚兮無便於此嘗試思莊
周正談兩事一明豕虱一羊蟻說蟻慕於
羶於蟻棄知又說於羊棄意甚虱焚於豕
獨忘之却驟說於魚爲得計千古遺文我

不知言以我非子　子固非魚臆魚之為
計子烏知河水深且廣風濤萬頃堪依有
網罟如雲鶿鷀成陣過而留泣計應非其
外海茫茫下有龍伯飢時一啖千里更任
公五十犗為餌使海上人人厭腥味似鵾
鵬變化能幾東遊入海此計直以命為嬉
古來謬算狂圖五鼎烹死指為平地嗟魚
欲事遠遊時請三思而行可矣

六州歌頭

屬瀉疾暴甚醫者莫曉其狀小愈困卧無聊戲作以自釋

晨来問疾有鶴止庭隅吾語汝只三事太愁予病難扶手種青松樹碍梅塢妨花逕繞數尺如人立却須鋤 秋水堂前曲沼明於鏡可燭眉鬚被山頭急雨耕壟灌泥塗誰使吾廬映汚渠 嘆青山好簷外竹遮欲盡有還無删竹去吾乍可食無魚愛扶踈又欲為山計千百慮累吾軀 凡病

此吾過矣子奚如口不能言臆對盧扁藥石難除有要言抄道事見七發往問北山愚庶有瘳乎

蘭陵王

賦一丘一壑

一丘壑老子風流占却茅簷上松月桂雲脉脉石泉逗山脚尋思前事錯惱煞晨猿夜鶴終須是鄧禹輩人錦綉麻霞坐黄閣長歌自深酌看天闊鳶飛淵静魚躍西

風黃菊香噴薄悵日暮雲合佳人何處紉
蘭结佩帶杜若入江海曾約　遇合事難
托莫聲磬門前荷蕢人過仰天大笑冠簪
落待說與窮達不須疑着古来賢者進亦
樂退亦樂

己未八月二十日夜夢有人以石
研屏見饟者其色如玉光潤可愛
中有一牛磨角作鬬狀云湘潭里
中有張其姓者多力善鬬號張

難敵一日與人搏偶敗忿赴河而
死居三日其家人來視之浮水上
則牛耳自後並水之山往、有此
石或得之里中輒不利夢中異、
之為作詩數百言大抵皆取古
之怨憤變化異物奇事覺而忘
其言後三日賦詞以識其異

恨之極恨極銷磨不得萇弘事人道後來
其血三年化為碧君鄭人緩也泣吾父攻儒

助墨十年夢沈痛化予秋柏之間既為實相思重相憶被怨結中腸潛動精魄望夫江上巖巖立嗟一念中變後期長絕君看啓母憤所激又俄頃為石　難敵最多力甚一念沉淵精氣為物依然困鬭牛磨角便影入山骨至今雕琢尋思人世只合化夢中蝶

賀新郎

賦水仙

雲臥衣裳冷看蕭然風前月下水邊幽影
羅襪生塵凌波去湯沐煙波萬頃愛一點
嬌黃成暈不記相逢曾解佩甚多情為我
香成陣待和淚收殘粉　靈均千古懷沙
恨記當時匆匆忘把此僊題品烟雨淒迷
僝僽損翠袂搖搖誰整謾寫入瑤琴幽憤
絃斷招魂無人賦但金杯的皪銀臺潤愁
殢酒又獨醒

賦海棠

著厭霓裳素染臙脂萼羅山下浣沙溪渡誰與流霞千古醖引淂東風相誤從史入吳宮深處鬟亂釵橫渾不醒轉越江剗地迷歸路煙艇小五湖去　當時倩淂春留住就錦屏一曲種種斷腸風度縱是清明三月近須要詩人妙句箋援筆慇懃為賦十樣蠻牋紋錯綺粲珠璣淵擲驚風雨重喚酒共花語

賦滕王閣

高閣臨江渚訪曾城空餘舊迹黯然懷古畫棟朱簾當日事不見朝雲暮雨但遺意西山南浦天宇脩眉浮新綠映悠悠潭影長如故空有恨柰何許　王郎健筆誇翹楚到如今落霞孤鶩競傳佳句物換星移知幾度夢想珠歌翠舞為徙倚闌干凝竚目斷平蕪蒼波晚快江風一瞬澄襟暑誰共飲有詩侶

賦琵琶

鳳尾龍香撥自開元霓裳曲罷幾番風月最苦潯陽江頭客畫舸亭亭待發記出塞黄雲堆雪馬上離愁三萬里望昭陽宮殿孤鴻沒絃解語恨難說 遼陽驛使音塵絕瑣窗寒輕攏慢撚淚珠盈睫推手含情還却手一抹梁州哀徹千古事雲飛煙滅賀老定場無消息想沉香亭北繁華歇彈到此為嗚咽

又

柳暗淩波路送春歸猛風暴雨一番新綠
千里瀟湘葡萄漲人解扁舟欲去又檣燕
留人相語艇子飛來生塵步唾花寒唱我
新番句波似箭催鳴櫓　黄陵祠下山無
數聽湘娥泠泠曲罷為誰情苦行到東吴
春已暮正江闊潮平穩渡望金雀觚稜翔
舞前度劉郎今重到問玄都千樹花存否
愁為倩么絃訴

陳同父自東陽來過余留十日

與之同遊鵝湖且會朱晦庵於紫溪不至飄然東歸既別之明日余意中殊戀戀復欲追路至鷺鷥林則雪深泥滑不得前矣獨飲方村悵然久之頗恨挽留之不遂也夜半投宿吳氏泉湖四望樓聞鄰笛悲甚為賦乳燕飛以見意又五日同父書來索詞心所同然者如此可發千里一笑

把酒長亭說看淵明風流酷似臥龍諸葛何處飛來林間鵲蹙踏松梢殘雪要破帽多添華髮賸水殘山無態度被疎梅料理成風月兩三鴈也蕭瑟　佳人重約還輕別悵清江天寒不渡水深氷合路斷車輪生四角此地行人銷骨問誰使君來愁絶鑄就而今相思錯料當初費盡人間鐵長夜笛莫吹裂

同父見和再用韻答之

老大那堪說似而今元龍臭味孟公瓜葛
我病君來高歌飲驚散樓頭飛雪笑富貴
千鈞如髮硬語盤空誰來聽記當時只有
西窗月重進酒換鳴瑟　事無兩樣人心
別問渠儂神州畢竟幾番離合汗血鹽車
無人顧千里空收駿骨正目斷關河路絕
我最憐君中宵舞道男兒到死心如鐵看
試手補天裂

用前韻贈金華杜仲高

細把君詩說恍餘音鈞天浩蕩洞庭膠葛
千丈陰崖塵不到唯有層冰積雪乍一見
寒生毛髮自昔佳人多薄命對古來一片
傷心月金屋冷夜調瑟　去天尺五君家
別看乘空魚龍慘淡風雲開合起望衣冠
神州路白日消殘戰骨嘆夷甫諸人清絕
夜半狂歌悲風起聽錚錚陣馬簷間鐵南
共北正分裂

三山雨中游西湖有懷趙丞相

經始

翠浪吞平野挽天河誰來照影臥龍山下
煙雨偏宜晴更好約略西施未嫁待細把
江山圖畫千頃光中堆灩瀲似扁舟欲下
瞿塘馬中有句浩難寫　詩人倒入西湖
社記風流重來手種綠陰成也陌上遊人
誇故國十里水晶臺榭更複道橫空清夜
粉黛中洲歌何曲問當年魚鳥無存者堂
上燕又長夏

和前韻

覓句如東野想錢塘風流處士水仙祠下
更憶小孤烟浪裏望斷彭郎欲嫁是一色
空濛難畫誰解胷中吞雲夢試呼來草賦
看司馬須更把上林寫　雞豚舊日漁樵
社問先生帶湖春漲幾時歸也為愛琉璃
三萬頃正卧水亭煙樹對玉塔微瀾深夜
雁鶩如雲休報事被詩逢敵手皆勍者春
草夢也宜夏

又和

碧海桒成野笑人間江翻平陸水雲高下自是三山顏色好更着雨婚煙嫁料未必龍眠能畫擬向詩人求幼婦倩諸君妙手皆談馬須進酒為陶寫　回頭鷗鷺瓢泉社莫吟詩莫拋尊酒是吾盟也千騎而今遮白髮忘却滄浪亭榭但記得灞陵呵夜我輩從來文字飲怕壯懷激烈須歌者蟬噪也綠陰夏

別茂嘉十二弟鵜鴂杜鵑實兩
種見離騷補注
綠樹聽鵜鴂更那堪鷓鴣聲住杜鵑聲切
啼到春歸無尋處苦恨芳菲都歇算未抵
人間離別馬上琵琶關塞黑更長門翠輦
辭金闕看燕燕送歸妾　將軍百戰身名
裂向河梁回頭萬里故人長絕易水蕭蕭
西風冷滿坐衣冠似雪正壯士悲歌未徹
啼鳥還知如許恨料不啼清淚長啼血誰

共我醉明月

題趙兼善龍圖東山小魯亭

下馬東山路恍臨風周情孔思悠然千古寂寞東家丘何在縹渺危亭小魯試重上巖巖高處更憶公歸西悲日正濛濛陌上多零雨嗟費却幾章句　謝公雅志還成趣認風流中年懷抱長携歌舞政爾良難君臣事晚聽秦箏聲苦快滿眼松篁千畝把似渠垂功名泪筭何如且作溪山主雙

白鳥又飛去

題傅君用山園

曾與東山約爲儵魚從容分得清泉一勺堪蔆高人讀書處多少松窗竹閣甚長被遊人占却萬卷何言達時用士方窮早與人同樂新種得幾花欒　山頭怪石蹲秋鶚俯人間塵埃野馬孤撑高攪拄杖危亭扶未到巳覺雲生兩脚更攓却朝來毛髮此地千年曾物化莫呼猿且自多招鶴吾

亦有一丘壑

用韻題趙晉臣敷文積翠巖余
謂當築陂於其前

拄杖重來約到東風洞庭張樂滿空簫勺
巨海拔犀頭角出東向北山高閣尚依舊
爭前又却老我傷懷登臨際問何方可以
平哀樂唯是酒萬金藥　勸君且作橫空
鶚便休論人間腥腐紛紛烏攫九萬里風
斯在下翻覆雲頭雨腳快直上崑崙濯髮

好卧長虹陂十里是誰言聽取雙黄鶴推

翠影浸雲壑

韓仲止判院山中見訪席上用

前韻

聽我三章約（用世說語）有談功談名者舉談經深酌作賦相如親滌器識字子雲投閣算枉把精神費却此會不如公榮者莫呼來政爾妨人樂醫俗士苦無藥　當年衆鳥看孤鶴意飄然横空直把曹吞劉攫老我

山中誰来伴須信窮愁有脚似剪尽還生
僧髮自斷此生天休問倩何人說與乘軒
鶴吾有志在丘壑

邑中園亭僕皆為賦此詞一日
獨坐停雲水聲山色競来相娱
意溪山欲援例者遂作數語庶
幾彷彿淵明思親友之意云

甚矣吾衰矣悵平生交遊零落只今餘幾
白髮空垂三千丈一笑人間萬事問何物

能令公喜我見青山多嫵媚料青山見我應如是情與貌略相似　一尊搔首東窗裏想淵明停雲詩就此時風味江左沈酣求名者豈識濁醪妙理回首叫雲飛風起不恨古人吾不見恨古人不見吾狂耳知我者二三子

再用前韻

鳥倦飛還矣笑淵明缾中儲粟有無能幾蓮社高人留翁語我醉寧論許事試沽酒

重斟翁喜一見蕭然音韻古想東籬醉臥
參差是千載下竟誰似　元龍百尺高樓
裏把新詩殷勤問我停雲情味北夏門高
從拉攞何事須人料理翁曾道繁華朝起
塵土人言寧可用顧青山與我何如耳歌
且和楚狂子

題傅巖叟悠然閣

路入門前柳到君家悠然細說淵明重九
晚歲凄其無諸葛惟有黃花入手更風雨

東籬依舊陡頓南山高如許是先生拄杖
歸来後山不記何年有 是中不減康廬
秀倩西風為君喚起翁能来否鳥倦飛還
平林去雲自無心出岫賸準備新詩幾首
欲辨忘言當年意慨遙遙我去羲農久天
下事可無酒

用前韻再賦

肘後俄生柳嘆人生不如意事十常八九
右手淋浪才有用閑却持螯左手謾贏得

傷心感舊投閣先生惟寂寞笑是非不了身前後持此語問烏有　青山幸自重重秀悶新來蕭蕭木落頻堪秋否總被西風都瘦損依舊千嵓萬岫把萬事無言搔首翁比渠儂人誰好是我常與我周旋乆寧作我一杯酒

嚴和之好古博雅以嚴本莊姓取蒙莊子陵四事曰濮上曰濠梁曰齊澤曰嚴瀨為四圖屬余

賦詞予謂蜀君平之高揚子雲所謂雖隨和何以加諸者班孟堅獨取子雲所稱述爲王貢諸傳序引不敢以其姓名列諸傳尊之也故余以謂和之當併圖君平像置之四圖之間庶幾嚴氏之高節備焉作乳燕飛詞使歌之

濮上看垂釣更風流羊裘澤畔精神孤矯

楚漢黄金公鄉印比着漁竿誰小但過眼纔堪一笑惠子焉知濠梁樂望桐江千丈高臺好煙雨外幾魚鳥　古來如許高人少細平章兩翁似與巢由同調已被堯知方洗耳畢竟塵污人了要名字人間如掃我褒蜀莊沈冥者解門前不使徵車到君為我畫三老

和徐斯遠下第謝諸公載酒韻

逸氣軒眉宇似王良輕車熟路驊騮欲舞

我覺君非池中物咫尺蛟龍雲雨時豈命

猶須天賦蘭佩芳菲無人問嘆靈均欲向

重華訴空壹鬱共誰語　兒曹不料揚雄

賦怪當年甘泉誤說青蔥玉樹風引舡回

滄溟闊目斷三山伊阻但笑指吾廬何許

門外蒼官三百輩盡堂堂八尺鬚髯古誰

載酒帶湖去

稼軒長短句卷之二

念奴嬌

書東流村壁

野棠花落又匆匆過了清明時節剗地東風欺客夢一夜雲屏寒怯曲岸持觴垂楊繫馬此地曾輕別樓空人去舊遊飛燕能說　聞道綺陌東頭行人曾見簾底纖纖月舊恨春江流不斷新恨雲山千疊料得明朝尊前重見鏡裏花難折也應驚問近

來多少華髮

登建康賞心亭呈史留守致道

我來弔古上危樓贏得閒愁千斛虎踞龍盤何處是只有興亡滿目柳外斜陽水邊歸鳥隴上吹喬木片帆西去一聲誰噴霜竹　却憶安石風流東山歲晚淚落哀箏曲兒輩功名都付與長日惟消棊局寶鏡難尋碧雲將暮誰勸杯中綠江頭風怒朝來波浪翻屋

西湖和人韻

晚風吹雨，戰新荷聲亂，明珠蒼璧。誰把香奩收寶鏡，雲錦周遭紅碧。飛鳥翻空，遊魚吹浪，慣趁笙歌席。坐中豪氣，看君一飲千石。

遥想處士風流，鶴隨人去，已作飛僊伯。茆舍踈籬今在否，松竹已非疇昔。欲說當年，望湖樓下，水與雲寬窄。醉中休問，斷腸桃葉消息。

和韓南澗載酒見過雪樓觀雪

兎園舊賞悵遺蹤飛鳥千山都絶縞帶銀
杯江工路惟有南枝香别萬事新竒青山
一夜對我頭先白倚嵓千樹玉龍飛上瓊
闕　莫惜霧鬟雲鬟試鼓騎鶴去約尊前
月自與詩翁磨凍硯看掃幽蘭新闋便擬
明年人間揮汗留取層氷潔此君何事晚
來曾爲著折

賦兩巖効朱希真體

近來何處有吾愁何處還知吾樂一點凄

涼千古意獨倚西風寥闊孟竹尋泉和雲種樹嗳做眞閑箇此心閑處未應長藉丘壑　休説往事皆非而今云是且把清樽酌醉裏不知誰是我非月非雲非鶴露冷松梢風高桂子醉了還醒却北窗高卧莫教啼鳥驚着

雙陸和陳仁和韻

少年橫槊氣憑陵酒聖詩豪餘事袖手旁觀初未識兩兩三三而已變化須臾鷗翻

石鏡鵲抵星橋外禍殘秋練玉砧猶想纖指堪箋千古爭心等閑一勝拚了光陰費老子忘機渾謾與鴻鵠飛來天際試媚宮中帚娘爲上休把與之記布衣百萬看君一箋沈醉

賦白牡丹和范先之韻

對花何似似吳宮初教翠圍紅陣欲笑還愁羞不語惟有傾城嬌韻翠盖風流牙籤名字舊賣那堪者天香染露曉來衣潤誰

愁　最愛弄玉團酥就中一朶曾入揚州詠華屋金盤人未醒燕子飛來春盡最憶當年沈香亭北無限春風恨醉中休問夜深花睡香冷

和信守王道夫席上韻

風狂雨横是邀勒園林幾多桃李待上層樓無氣力塵滿闌干誰倚就火添衣移香傍枕莫捲朱簾起元宵過也春寒猶自如此　為問幾日新晴鳩鳴屋上鵲報簷前

喜指拭老来詩句眼要看拍堤春水月下
憑肩花邊繫馬此興今休矣溪南酒賤光
陰只在彈指

戲贈善作墨梅者

江南盡處墮玉京傑子絕塵英秀彩筆風
流偏解寫姑射冰姿清瘦發較春工細窺
天巧妙絕應難有丹青圖畫一時都愧凡
陋 還似籬落孤山嫩寒清曉秖欠香沾
袖淡泞輕盈誰付與弄粉調朱纖手疑是

花神揭来人世占得佳名久松篁佳韻倩君添做三友

韻梅

踈踈淡淡問阿誰堪比天真顏色笑殺東君虚占斷多少朱朱白白雪裏温柔水邊明秀不借春工力骨清香嫩迥然天與奇絶 書記寶籞寒輕瑣窗人睡起玉纖輕摘漂泊天涯空瘦損猶有當年標格萬里風烟一溪霜月未怕欺他得不如歸去閬

風有箇人惜

瓢泉酒酣和東坡韻

倘来軒冕問還是今古人間何物舊日重
城悲爲里風月而今堅壁藥羅功名酒壚
身世可惜蒼頭雪浩歌一曲坐中人物三
傑　休嘆黄菊凋零孤標應也有梅花爭
發醉裏重揩西望眼惟有孤鴻明滅萬事
從教浮雲来去枉了衝冠髮故人何在長
庚應伴殘月

再用韻和洪莘之通判丹桂詞

道人元是道家風來作烟霞中物翠幰裁犀遮不定紅透玲瓏油壁借得春工惹將秋露薰做江梅雪栽評花譜便應推此為傑　憔悴何處芳枝十郎手種看明年花發坐斷虛空香色界不怕西風起滅別駕風流多情更要簪滿嫦娥髮等閑折盡玉斧重倩脩月

又

洞庭春晚舊傳恐是人間尤物收拾瑤池傾國豔來向朱欄一壁透戶龍香隔簾鶯語料得肌如雪月妖眞態是誰教避人傑酒罷歸對寒窗相留昨夜應是梅花發賦了高唐猶想像不管孤燈明滅半面難期多情易感愁點星星髮繞梁聲在爲伊忘味三月

趙晋臣敷文十月望生日自賦詞屬余和韻

看公風骨似長松磊落多生奇節世上兒曹都蓄縮凍芋旁堆秋瓞繞屋溪頭境隨人勝不是江山別紫雲如陣妙歌爭唱新闋

尊酒一笑相逢與公臭味菊茂蘭須悅天上四時調玉燭萬事宜詢黃髮看取東歸周家叔父手把元龜說祝公長似十分今夜明月

和趙國興知錄韻

為沽美酒過溪來誰道幽人難致更覺元

龍樓百尺湖海平生豪氣自嘆年來看花
索句老不如人意東風歸路一川松竹如
醉 怎得身似莊周夢中胡蝶花底人間
世記取江頭三月暮春風雨不為春計萬斛
愁來金貂頭上不抵銀缾貴無多笑我此
篇聊當賓戲

重九席上

龍山何處記當年高會重陽佳節誰與老
兵供一笑落帽參軍華髮莫倚忘懷西風

也解點檢尊前客，凄凉今古眼中三兩飛蝶　須信采菊東籬，高情千載只有陶彭澤。愛說琴中如得趣，絃上何勞聲切。試把空杯，翁還肯道，何必杯中物。臨風一笑，請翁同醉今夕。

用韻答傅先之提舉

君詩好處，似鄒魯儒家，還有奇節。下筆如神強押韻，遺恨都無毫髮。炙手炎來，掉頭冷去，無限長安客。丁寧黄菊，未消勾引蜂

蝶　天上絳闕清都，聽君歸去，我自癯山澤。人道君才剛百鍊，美玉都成泥切。我愛風流，醉中傾倒，丘壑胸中物。一杯相屬，莫孤風月今夕。

賦傳巖叟香月堂兩梅

未須草草賦梅花，多少騷人詞客。揔被西湖林處士，不肯分留風月。疏影橫斜，暗香浮動，把斷春消息。試將花品，細參今古人物。　看來香月堂前，歲寒相對，楚兩龔之

潔自與詩家成一種不係南昌僊籍怕是
當年香山老子姓白來江國謫僊人字太
白還又名白

余既為傳巖叟兩梅賦詞傳君
用席上有請云家有四古梅今
百年矣未有以品題乞援香月
堂例欣然許之且用前篇體製
戲賦

是誰調護歲寒枝都把蒼苔封了茅舍踈

蘸江上路清夜月高山小撲索應知曹劉沈謝何況霜天曉芬芳一世料君長被花惱　惆悵立馬行人一枝最愛竹外橫斜好我向東鄰曾醉裏喚起詩家二老拄杖而今婆娑雪裏又識商山皓請君置酒看渠與我傾倒

沁園春

帶湖新居將成

三徑初成鶴怨猿驚稼軒未來甚雲山自

許平生意氣衣冠人笑抵死塵埃意倦須還身閑貴早豈為蓴羹鱸鱠哉。秋江上看驚弦鴈避駭浪船回。東岡更葺茅齋。好都把軒窗臨水開。要小舟行釣先應種柳疏籬護竹莫礙觀梅。秋菊堪餐春蘭可佩留待先生手自栽。沉吟久怕君恩未許此意徘徊。

送趙景明知縣東歸再用前韻

佇立瀟湘黃鵠高飛望君來來快東風吹

斷西江對語急呼斗酒旋拂塵埃卻怪英姿有如君者猶欠封侯萬里我空贏得道江南佳句只有方回　錦帆畫舫行齋悵雪浪黏天江影開記我行南浦送君折柳君逢驛使為我攀梅落帽山前呼鷹臺下人道花須滿縣栽都休問看雲霄高處鵬翼徘徊

戊申歲奏邸忽騰報謂余以病掛冠因賦此

老子平生笑盡人閒兒女怨恩況白頭能幾定應獨往青雲得意見說長存抖擻衣冠憐渠無恙合掛當年神武門都如夢算能爭幾許雞曉鐘昏　此心無有新寃況抱甕年來自灌園但淒涼顧影頻悲往事殷勤對佛欲問前因却怕青山也妨賢路休鬬尊前見在身山中友試高吟楚些重與招魂

期思舊呼奇獅或云碁師皆非

也余考之蔔鄉書云孫琳敖期思之郿人也期思屬弋陽郡此地舊屬弋陽縣雖古之弋陽期思見之圖記者不同然有弋陽則有期思也橋壞渡成父老請余賦作沁園春以證之

有美人兮玉佩瓊琚吾夢見之問斜陽猶照漁樵故里長橋誰記今古期思物化蒼茫神遊彷彿春與猿吟秋鶴飛還驚笑向

晴波忽見千丈虹霓　覺來西望崔嵬更
上有青楓下有溪待空山自薦寒泉秋菊
中路却送桂棹蘭旗萬事長嗟百年雙鬢
吾非斯人誰與歸憑闌久已清愁未了醉
墨休題

答余琳良

我試評君君定何如玉川似之記李花初
發乘雲共語梅花開後對月相思白髮重
來畫橋一望秋水長天孤鶩飛同吟處看

佩搖明月，衣捲青霓。相君高節崔嵬，是
此處耕巖與釣溪。被西風吹盡，村簫社鼓，
青山留得，松蓋雲旗。予古愁濃，懷人日暮，
一片心從天外歸。新詞好，似淒涼楚些，字
字堪題。

答楊世長

我醉狂吟，君作新聲，倚歌和之。算芬芳定
向梅間得意，輕清多是雪裏尋思。朱雀橋
邊，何人會道，野草斜陽春燕飛。都休問，甚

元無霽雨却有晴霓　詩壇千丈崔嵬更有筆如山墨作溪看君才未數曹劉敵手風騷合受屈宋降旗誰識相如平生自許慷慨須乘駟馬歸長安路問垂虹千柱何處曾題

靈山齋菴賦時築偃湖未成

疊嶂西馳萬馬回旋衆山欲東正驚湍直下跳珠倒濺小橋橫截缺月初弓老合投閑天教多事檢校長身十萬松吾廬小在

龍蛇影外風雨聲中　峯先見面重重看

爽氣朝來三數峯似謝家子弟衣冠磊落

相如庭戶車騎雍容我覺其間雄深雅健

如對文章太史公新堤路問偃湖何日烟

水濛濛

弄溪賦

有酒忘杯有筆忘詩弄溪奈何看從橫斗

轉龍蛇起陸崩騰決去雪練傾河嫋嫋東

風悠悠倒影搖動雲山水又波還知否欠

菖蒲攢港綠竹緣坡　長松誰翦嵳峩笈
野老來芸山上禾算只因魚鳥天然自樂
非關風月閑處偏多芳艸春深佳人日莫
濯髮滄浪獨浩歌裳面久閒人間誰佀老
子婆娑

期思卜築

一水西來千丈晴虹十里翠屏喜草堂經
歲重來杜老斜川好景不負淵明老鶴高
飛一枝投宿長笑蝸牛戴屋行平章了待

十分佳處着箇茅亭　青山意氣崢嶸似
爲我歸來嫵媚生解頻教花鳥前歌後舞
更催雲水暮送朝迎酒聖詩豪可能無勢
我乃而今駕馭卿清溪上被山靈却笑白
髮歸耕

將止酒戒酒杯使勿近

杯汝來前老子今朝點檢形骸甚長年抱
渴咽如焦釜于今喜睡氣似奔雷汝說劉
伶古今達者醉後何妨死便埋渾如許歎

汝於知己真少恩哉　更憑歌舞為媒筭合作人間鴆毒猜況怨無小大生於所愛物無美惡過則為災與汝成言勿留亟退吾力猶能肆汝杯杯再拜道麾之即去招亦須來

城中諸公載酒入山予不得以止酒為解遂破戒一醉再用韻

杯汝知乎酒泉罷侯鴟夷乞骸更高陽入謁都稱虀臼杜康初筮正得雲雷細數從

前不堪餘恨歲月都將麯糵埋君詩好似
提壺却勸沽酒何哉　君言病豈無媒似
壁上雕弓蛇暗猜記醉眠陶令終全至樂
獨醒屈子未免沈菑欲聽公言慙非勇者
司馬家兒解覆杯還堪笑借今宵一醉為
故人来　用邴原事

壽趙茂嘉郎中時以置兼濟倉
賑濟里中除直秘閣

甲子相高亥首曾疑絳縣老人看長身玉

立鶴般風度方頤鬚傑儒樣精神文爛鄉

雲詩凌鮑謝筆勢駸駸更右軍渾餘事羨

儞都夢覺金闕名存　門前父老忻忻爕

奎閣新褒誥語溫記他年帷幄須依日月

只今劍履快上星辰人道陰功天教多壽

看到貂蟬七葉孫君家裏是幾枝丹桂幾

樹靈椿

和吳子似縣尉

我見君來頓覺吾廬溪山美哉悵平生肝

膽都成楚越只今膠漆誰是陳雷搔首踟躕愛而不見要得詩來渴望梅還知否快清風入手日看千回　直須抖擻塵埃人怪我柴門今始開向松間乍可從他喝道庭中且莫踏破蒼苔豈有文章謾勞車馬待喚青芻白飯來君非我任功名意氣莫恁徘徊

稼軒長短句卷之二

稼軒長短句卷之三

水調歌頭

舟次揚州和楊濟翁周顯先韻

落日塞塵起，胡騎獵清秋。漢家組練十萬，列艦聳層樓。誰道投鞭飛渡，憶昔鳴髇血汙，風雨佛貍愁。季子正年少，匹馬黑貂裘。今老矣，搔白首，過揚州。倦游欲去江上，手種橘千頭。二客東南名勝，萬卷詩書事業，嘗試與君謀。莫射南山虎，直覓富民侯。

又

落日古城角把酒勸君留長安路遠何事
風雪敝貂裘散盡黃金身世不管秦樓人
怨歸計狎沙鷗明夜扁舟去和月載離愁
功名事身未老幾時休詩書萬卷致身
須到古伊周莫學班超投筆縱得封侯萬
里憔悴老邊州何處依劉客寂寞賦登樓

淳熙丁酉自江陵移帥隆興到
官之三月被召司馬監趙卿王

漕餞別司馬賦水調歌頭席間
次韻時王公明樞密坐客終
夕爲興門戶之歎故前章及之
我飲不須勸正怕酒尊空別離亦復何恨
此別恨匆匆頭上貂蟬貴客苑外麒麟高
塚人世竟誰雄一笑出門去千里落花風
孫劉輩能使我不爲公余髮種種如是
此事付渠儂但覺平生湖海除了醉吟風
月此外百無功毫髮皆帝力更乞鑑湖東

淳熙己亥自湖北漕移湖南周總領王漕趙守置酒南樓席上留別

折盡武昌柳，掛席上瀟湘。二年魚鳥江上笑我往來忙。富貴何時休問，離別中年堪恨，憔悴鬢成霜。絲竹陶寫耳，急羽且飛觴。

序蘭亭，歌赤壁，繡衣香。使君千騎鼓吹風采漢侯王。莫把離歌頻唱，可惜南樓佳處，風月已淒涼。在家貧亦好，此語試平章。

盟鷗

帶湖吾甚愛，千丈翠奩開。先生杖屨無事，一日走千回。凡我同盟鷗鷺，今日既盟之後，來往莫相猜。白鶴在何處，嘗試與偕來。

破青萍，排翠藻，立蒼苔。窺魚笑汝癡計，不解舉吾杯。廢沼荒丘疇昔，明月清風此夜，人世幾歡哀。東岸綠陰少，楊柳更須栽。

湯朝美司諫見和，用韻為謝

白日射金闕，虎豹九關開。見君諫疏頻上

談笑挽天回千古忠肝義膽萬里蠻煙瘴
雨往事莫驚猜政恐不免耳消息日邊來
笑吾廬門掩草徑封苔未應兩手無用
要把蟹螯杯說劍論詩餘事醉舞狂歌欲
倒老子頗堪哀白髮寧有種一一醒時栽

嚴子文同傅安道和前韻因再
和謝之

寄我五雲字恰向酒邊開東風過盡歸雁
不見客星回聞道瑣窗風月更着詩翁杖

屨合作雪堂猜子文作雪齋寄書云近以旱無以延客歲旱莫留客霖雨要渠来短燈檠長劒鋏欲生苔雕弓掛壁無用照影落清杯多病閑心藥裹小摘親鉏菜甲老子政須衰癃雨北窗竹更倩野人栽

和趙景明知縣韻

官事未易了且向酒邊来君如無我問君懷抱向誰開但放手生立拏莫管傍人嘲罵深蟄要驚雷白髮還自笑何地置衰顏

五車書千石飲百篇才新詞未到瓊瑰
先夢滿吾懷已過西風重九且要黃花入
手詩興未闌梅君要花滿縣桃李趁時栽

壽趙漕介庵

千里渥洼種名動帝王家金鑾當日奏草
落筆萬龍蛇帶得無邊春下等待江山都
老教看鬢方鴉莫管錢流地且擬酥黃花
喚雙成歌弄玉舞綠華一觴為飲千歲
江海吸流霞聞道清都帝所要挽銀河僊

淚西北洗胡沙回首日邊去雲裏認飛車

和王正之右司吳江觀雪見寄

造物故豪縱千里玉鸞飛等閒更把萬斛瓊粉蓋玻黎好卷垂虹千丈只放冰壺一色雲海路應迷老子舊游處回首夢耶非

謫僊人鷗鳥伴兩忘機掀髯把酒一笑詩在片帆西寄語煙波舊侶聞道蓴鱸正美休裂芰荷衣上界足官府汗漫與君期

九日遊雲洞和韓南澗尚書韻

今日復何日黄菊為誰開淵明謾愛重九胷次正崔嵬酒亦關人何事陂自不能不爾誰遣白衣來醉把西風舞隨處障塵埃為公飲須一日三百杯此山高處東望雲氣見蓬萊翳鳳驂鸞公去落佩倒冠吾事抱病且登臺歸路踏明月人影共徘徊

再用韻呈南澗

千古老蟾口雲洞插天開漲痕當日何事洶湧到崔嵬攫土摶沙兒戲翠谷蒼崖幾

變風雨化人來萬里須臾耳野馬驟空埃
笑年來蕉鹿夢畫虵杯黃花憔悴風露
野碧漲荒萊此會明年誰健後日猶今視
昔歌舞只空臺愛酒陶元亮無酒正徘徊

再用韻李子永提幹

君莫賦幽憤一語試相開長安車馬道上
平地起崔嵬我愧淵明久矣猶借此翁湔
洗素壁寫歸來斜日透虛隙一線萬飛埃
斷吾生左持蟹右持杯買山自種雲樹

山下斸煙藂百鍊都成繞指萬事直須稱好人世幾輿臺劉郎更堪笑剛賦看花回

慶韓南澗尚書七十

上古八千歲總是一春秋不應此日剛把七十壽君侯看取垂天雲翼九萬里風在下與造物同游君欲計歲月嘗試問莊周醉淋浪歌窈窕舞溫柔從今杖屨南澗白日為君留聞道鈞天帝所頻上玉卮春酒冠蓋擁龍樓快上星辰去名姓動金甌

席上用黄德和推官韻壽南澗

上界足官府，公是地行僊。青氈劒履舊物，玉立近天顔。莫怪新來白髮，恐是當年柱下，道德五千言。南澗舊活計，猿鶴且相安。歌秦缶，寶康瓠，世皆然。不知清廟鐘磬，零落有誰編。莫問行藏用舍，畢竟山林鐘鼎，底事有斷金。再拜荷公賜，雙鶴一千年。公以雙鶴見壽

和信守鄭舜舉蔗庵韻

萬事到白髮日月幾西東羊腸九折岐路
老我慣經從竹樹前溪風月雞酒東家父
老一笑偶相逢此樂竟誰覺天外有冥鴻
味平生公與我定無同玉堂金馬自有
佳處着詩翁好鎖雲煙窗戶怕入丹青圖
畫飛去了無蹤此語更癡絕真有虎頭風

送信守王桂發

酒罷且勿起重挽使君鬚一身都是和氣
別去意何如我輩情鍾休問又老田頭說

尹淚落獨憐渠秋水見毛髮千尺定無魚

望清闕左黄閣右紫樞東風桃李陌上

下馬拜除書屈指吾生餘幾多病妨人痛

飲此事正愁予江湖有歸鴈能寄草堂無

送鄭厚卿赴衡州

寒食不小住千騎擁春衫衡陽石鼓城下

記我舊停驂襟以蕭湘桂嶺帶以洞庭青

草紫蓋屹西南文字起騷雅刀劍化耕蠶

看使君於此事定不凡奮髯抵几堂上尊

殂自高譚莫信君門萬里但使民歌五袴
歸詒鳳皇街君去我誰飲明月影成三

提幹李君索余賦秀野綠遶二詩
余詩尋醫久矣姑合二榜之意賦
水調歌頭以遺之然君才氣不减
流輩豈求田問舍而獨樂其身邪

文字覷天巧亭榭定風流平生丘壑歲晚
也作稻粱謀五畝園中秀野一水田將綠
遶穲稏不勝秋飯飽對花竹可是便忘憂

吾老矣探禹穴欠東遊君家風月幾許
白鳥去悠悠插架牙籤萬軸射虎南山一
騎容我攬鬚不更欲勸君酒百尺卧高樓

元日投宿博山寺見者驚歎其老

頭白齒牙缺君勿笑衰翁無窮天地今古
人在四之中臭腐神奇俱盡貴賤賢愚等
耳造物也兒童老佛更堪笑談妙說虛空
坐堆豗行答颯立龍鍾有時三盞兩盞
淡酒醉蒙鴻四十九年前事一百八盤狹

路柱杖倚墻東老境竟何似只與少年同

送楊民瞻

日月如磨蟻萬事且浮休君看簷外江水袞袞自東流風雨瓢泉夜半花草雪樓春到老子已菟裘歲晚問無恙歸計橘千頭夢連環歌彈鋏賦登樓黃雞白酒君去村社一番秋長劍倚天誰問夷甫諸人堪笑西北有神州此事君自了千古一扁舟

送施樞密聖與帥江西信之識云

水打烏龜石方人也大奇寶施字

相公倦台鼎要伴赤松游高牙千里東下笳鼓萬貔貅試問東山風月更着中年絲竹留淂謝公不孺子宅邊水雲影自悠悠

占古語方人也正黑頭穹龜突兀千丈石打玉溪流金印沙堤騎節畫棟珠簾雲雨一醉早歸休賤子祝再拜西北有神州

壬子三山被召陳端仁給事飲餞席上作

長恨復長恨裁作短歌行何人為我楚舞
聽我楚狂聲余既滋蘭九畹又樹蕙之百
畮秋菊更餐英門外滄浪水可以濯吾纓
一杯酒問何似身後名人間萬事毫髮
常重泰山輕悲莫悲生離別樂莫樂新相
識兒女古今情富貴非吾事歸與白鷗盟

題張晉英提舉玉峯樓

木末翠樓出詩眼巧安排天公一夜削出
四面玉崔嵬疇昔此山安在應為先生見

晚萬馬一時来白鳥飛不盡却帶夕陽回
勸公飲左手蟹右手杯人間萬事變滅
今古幾池臺君看莊生達者猶對山林臯
壤哀樂未忘懷我老尚能賦風月試追陪
三山用趙丞相韻答帥幙王君且
有感於中秋近事併見之末章
說與西湖客觀水更觀山淡粧濃抹西子
喚起一時觀種柳人今天上對酒歌翻水
調醉墨捲秋瀾老子興不淺歌舞莫教閑

看樽前輕聚散少悲歡城頭無限今古落日曉霜寒誰唱黃雞白酒猶記紅旗清夜千騎月臨關莫說西州路且盡一杯看

即席和金華杜仲高韻併壽諸友惟醻乃佳耳

萬事一杯酒長嘆復長歌杜陵有客剛賦雲外築婆娑須信功名兒輩誰識年來心事古井不生波種種看余髮積雪就中多二三子問丹桂倩素娥平生螢雪男兒

無柰五車何看取長安淂意莫恨春風看盡花柳自蹉跎今夕且懽笑明月鏡新磨

醉吟

四座且勿語聽我醉中吟池塘春草未歇高樹變鳴禽鴻鴈初飛江上蟋蟀還來床下時序百年心誰要卿料理山水有清音懽多少歡長短酒淺深而今已不如昔後定不如今閑憩直須行樂良夜更教秉燭高會惜分陰白髮短如許黃菊倩誰簪

題趙晉臣敷文真得歸方是閑二堂

十里深窈窕，萬瓦碧參差。青山屋上，流水屋下綠橫溪。真得歸來笑語，方是閑中風月，剩費酒邊詩。點檢笙歌了，琴罷更圍棋。　王家竹，陶家柳，謝家池。知君勳業未了，不是枕流時。莫向癡兒說夢，且作山人索價，頻他鶴書遲。一事定嗔我，已辦北山移。

賦傳巖叟悠然閣

歲歲有黃菊，千載一東籬。悠然政須兩字

長發退之詩自古此山无有何事當時絶見此意有誰知君起更斟酒我醉不須辭
回首處雲正出鳥倦飛重來樓上一句端的與君期都把軒窗寫遍更使兒童誦淂歸去來兮辭薦卷有時用植杖且耘耔

題吴子似縣尉瑱山經德堂堂陸象山取名也

喚起子陸子經德問何如萬鍾於我何有不負古人書閑道千章松桂剩有四時柯

葉霜雪歲寒餘此是瑱山境還似象山無耕也餒學也祿孔之徒青衫畢竟升斗此意政關渠天地清寧高下日月東西寒暑何用着工夫兩字君勿借借我榜吾廬

賦松菊堂

淵明最愛菊三徑也栽松何人收拾千載風味此山中手把離騷讀遍自掃落英餐罷杖屨曉霜濃皎皎太獨立更插萬芙蓉水潺湲雲澒洞石巃嵸素琴濁酒喚客

端有古人風却怪青山能巧政爾橫看成嶺轉面已成峰詩句得活法日月有新功

將遷新居不成戲作時以病止酒且遣去歌者末章及之

我亦卜居者歲晚望三閭昂昂千里泛泛不作水中鳧好在書携一束莫問家徒四壁往日置錐無借車載家具家具少於車

舞烏有歌亡是飲子虛二三子者愛我此外故人疎幽事欲論誰共白鶴飛來似

可急去復何如衆鳥欣有托吾亦愛吾廬

趙昌父七月望日用東坡韻敘太白東坡事見寄適相褒借且有秋水之約八月十四日卧病博山寺中因用韻為謝兼寄吳子似

我志在寥闊疇昔夢登天摩娑素月人世俛仰已千年有客驂鸞並鳳云遇青山赤壁相約上高寒酌酒援北斗我亦虱其間少歌曰神甚放形則眠鴻鵠一再高舉

天地晴方圓欲重歛兮夢覺推枕惘然獨念人事底虧全有美人可語秋水隔嬋娟

題永豐楊少游提點一枝堂

萬事幾時足日月自西東無窮宇宙人是一粟太倉中一葛一裘經歲一鉢一瓶終日老子舊家風更著一杯酒夢覺大槐宮記當年嚇腐鼠嘆冥鴻衣冠神武門外驚倒幾兒童休說須彌芥子看取鯤鵬斥鷃小大若爲同君欲論齊物須訪一枝翁

席上為葉仲洽賦

高馬勿捶面，千里事難量。長魚變化雲雨，無使寸鱗傷。一壑一丘吾事，一斗一石皆醉，風月幾千場。鬚作蝟毛磔，筆作劍鋒長。我憐君，癡絕似，顧長康。綸巾羽扇顛倒，又似竹林狂。解道長江如練，准備停雲堂上，千首買秋光。怨調為誰賦，一斛貯檳榔。

玉蝴蝶

追別杜仲高

古道行人來去香紅滿樹風雨殘花望斷青山高處都被雲遮客重來風流觴詠春已去光景桑麻苦無多一條垂柳兩箇啼鴉 人家疎疎翠竹陰陰綠樹淺淺寒沙醉兀籃輿夜來豪飲太狂些到如今都齊醒却只依舊無奈愁何試聽呵寒食近也且住爲佳

杜仲高書來戒酒用韻

貴賤偶然渾似隨風簾幌籬落飛花空使

兒曹馬上羞面頻遮向空江誰捐玉珮寄離恨應折疏麻暮雲多佳人何處數盡歸鴉

儂家生涯蠟屐功名破甑交友摶沙往日曾論淵明似勝卧龍些算從來人生行樂休更說日飲亡何快斟呵裁詩未穩得酒良佳

稼軒長短句卷之三

稼軒長短句卷之四

滿江紅

建康史帥致道席上賦

鵬翼垂空笑人世蒼然無物又還向九重深處玉階山立袖裏珍奇光五色他年要補天西北且歸來談笑護長江波澄碧

佳麗地文章伯金縷唱紅牙拍看檣前飛下日邊消息料想宝香黄閣夢依然畫舸清溪笛待如今端的約鍾山長相識

中秋寄遠

快上西樓怕天放浮雲遮月但喚取玉纖橫管一聲吹裂誰做冰壺凉世界最憐玉斧修時節問嫦娥孤令有愁無應華髮雲液滿瓊杯滑長袖舞清歌咽嘆十常八九欲磨還缺但願長圓如此夜人情未必看承別把從前離恨總成歡歸時說

中秋

美景良辰算只是可人風月況素節揚輝

長是十分清澈着意登樓瞻玉兔何人張
幙遮銀闕倩蜚廉得得為吹開憑誰說
弦與望從貟缺今與昨何區別羨夜來手
把桂花堪折安得便登天柱上從容陪伴
酬佳節更如今不聽麈談清愁如髮

又

點火櫻桃照一架荼蘼如雪春正好見龍
孫穿破紫苔蒼壁乳燕引鶵飛力弱流鶯
喚友嬌聲怯問春歸不肯帶愁歸腸千結

層樓望春山疊家何在煙波隔把古今遺恨向他誰說蝴蝶不傳千里夢子規叫斷三更月聽聲聲枕上勸人歸歸難得

暮春

可恨東君把春去春來無迹便過眼等閑輸了三分之一晝永暖翻紅杏雨風晴扶起垂楊力更天涯芳草最關情烘殘日湘浦岸南塘驛恨不盡愁如織算年年辜負對他寒食便憶歸來能幾許風流早已

非疇昔凭畫欄一綫數飛鴻沉空碧

又

家住江南又過了清明寒食花徑裏一番風雨一番狼籍紅粉暗隨流水去園林漸覺清陰密筭年年落盡刺桐花寒無力庭院靜空相憶無說處閑愁極怕流鶯乳燕得知消息尺素如今何處也綵雲依舊無蹤跡謾教人羞去上層樓平蕪碧

贛州席上呈太守陳季陵侍郎

落日蒼茫風纔定片帆無力還記得眉來眼去水光山色倦客不知身遠適佳人已卜歸消息便歸來只是賦行雲襄王客些箇事如何得知有恨休重憶但楚天特地暮雲凝碧過眼不如人意事十常八九今頭白笑江州司馬太多情青衫濕

賀王帥宣子平湖南寇

笳鼓歸來舉鞭問何如諸葛人道是匆匆五月渡瀘深入白虎風生貔虎譟青溪路

斷猩鼯泣早紅塵一騎落平岡捷書急
三萬卷龍頭客渾未得文章力把詩書馬
上笑驅鋒鏑金印明年如斗大貂蟬却自
兜鍪出待刻公勳業到雲霄浯溪石

又

漢水東流都洗盡髭胡膏血人盡說君家
飛將舊時英烈破敵金城雷過耳談兵玉
帳冰生頰想王郎結髮賦從戎傳遺業
腰間劍聊彈鋏尊中酒堪為別況故人新

擁漢壇旌節馬革裹屍當自誓蛾眉伐性
休重說但從今記取楚樓風裴臺月

江行簡楊濟翁周顯先

過眼溪山怪都似舊時曾識還記得夢中
行遍江南江北佳處徑須攜杖去能消幾
緉平生屐笑塵勞三十九年非長為客
吳楚地東南拆英雄事曹劉敵被西風吹
盡了無塵跡樓觀纔成人已去旌旗未卷
頭先白嘆人間哀樂轉相尋今猶昔

又

敲碎離愁紗牕外風搖翠竹人去後吹簫聲斷倚樓人獨滿眼不堪三月暮舉頭已覺千山綠但試把一紙寄來書從頭讀相思字空盈幅相思意何時足滴羅襟點點淚珠盈掬芳草不迷行客路垂楊只礙離人目最苦是立盡月黄昏欄干曲

又

倦客新豐貂裘敝征塵滿目彈短鋏青虵

三尺浩歌誰續不念英雄江左老用之可
以尊中國嘆詩書萬卷致君人翻沉陸
休感慨澆醽醁人易老歡難足有玉人憐
我為簪黃菊且置請纓封萬戶竟須賣劍
酬黃犢甚當年寂寞賈長沙傷時哭

又

風捲庭梧黃葉墜新涼如洗一笑折秋英
同賞弄香挼蘂天遠難窮休久望樓高欲
下還重倚擬一襟寂寞淚彈秋無人會

今古恨沉荒壘悲歡事隨流水想登樓青鬢未堪憔悴極目煙横山數點孤舟月淡人千里對嬋娟從此話離愁金樽裏

冷泉亭

直節堂堂看夹道冠纓拱立漸翠谷群仙東下佩環聲急誰信天峰飛墮地傍湖千丈開青壁是當年玉斧削方壺無人識山木潤琅玕濕秋露下瓊珠滴向危亭横跨玉淵澄碧醉舞且搖鸞鳳影浩歌莫遣

魚龍泣恨此中風物本吾家今為客

再用前韻

照影溪梅悵絶代佳人獨立便小駐雍容
千騎羽觴飛急琴裏新聲風響佩筆端醉
墨鴉棲壁是史君文度舊知名今方識
高欲卧雲還濕清可漱泉長滴快晚風吹
帽揣懷空碧寶馬嘶歸紅旆動龍團試水
銅瓶泣怕他年重到路應迷桃源客

席間和洪景盧舍人兼司馬漢章

大監

天與文章看萬斛龍文筆力聞道是一詩曾換千金顏色欲說又休新意思強啼偷笑真消息算人人合與共乘鸞鑾坡客傾國艷難再得還可恨還堪憶看書尋舊錦衫裁新碧鶯蝶一春花裏活可堪風雨飄紅白問誰家却有燕歸梁香泥濕

送湯朝美司諫自便歸金壇

瘴雨蠻煙十年夢樽前休說春正好故園

桃李待君花發兒女燈前和淚拜雞豚社
裏歸時節看依然舌在齒牙牢心如鐵
活國手封侯骨騰汗漫排閶闔待十分做
了詩書勳業當日念君歸去好而今却恨
中年別笑江頭明月更多情今宵缺

送李正之提刑入蜀

蜀道登天一杯送繡衣行客還自歎中年
多病不堪離別東北看驚諸葛表西南更
草相如檄把功名收拾付君侯如椽筆

兒女溪君休滴荊楚路吾能說要新詩準備
廬山山色赤壁磯頭千古浪銅鞮陌上三
更月正梅花萬里雪深時須相憶

送信守鄭舜舉被

湖海平生算不負蒼髯如戟聞道是　君
王着意太平長策此老自當兵十萬長安
正在天西北便鳳凰飛詔下天來催歸急
車馬路兒童泣風雨暗旌旗濕看野梅
官柳東風消息莫向蓬萊追語笑只今松

竹無顏色問人間誰管別離愁杯中物

和楊民瞻送祐之弟還侍浮梁

壓土西風便無限淒涼行色還記取明朝應恨今宵輕別珠淚爭垂華燭暗雁行欲斷哀箏切看扁舟幸自澁清溪休催發白石磴長亭側千樹柳千絲結怕行人西去棹歌聲闋黃卷莫敎詩酒汚玉階不信仙凡隔但從今伴我又隨君佳哉月

游南巖和范先之韻

箋指洪崖問千丈翠巖誰劃依舊是西風
白鳥北村南郭似整復斜僧屋亂欲吞還
吐林煙薄覺人間萬事到秋來都搖落
呼斗酒同君酌更小隱尋幽約且丁寧休
負北山猿鶴有鹿從渠求鹿夢非魚定未
知魚樂正仰看飛鳥却應人回頭錯

和范先之雪

天上飛瓊畢竟向人間情薄還又跨玉龍
歸去萬花搖落雲破林梢添遠岫月明屋

角分曾闊記少年駿馬走韓盧掀東郭
吟凍鴈嘲飢鵲人已老歡猶昨對瓊瑤滿
地與君酬酢最愛霏霏迷遠近卻收擾擾
還空闊倚羔兒酒罷又烹茶楊州鶴

病中俞山甫教授訪別病起寄之

曲几團蒲記方丈君來問疾更夜雨匆匆
別去一極南北萬事莫侵閑鬢髮百年正
要佳眠食最難忘此語重殷勤千金直
西崦路東巖石攜手處今歷歷遙逞重來猶有

舊盟如日莫信蓬萊風浪隔垂天自有扶
搖力對梅花一夜苦相思無消息

餞鄭衡州厚卿席上再賦

莫折荼蘼且留取一分春色還記得青梅
如豆共伊同摘少日對花渾醉夢而今醒
眼看風月恨牡丹笑我倚東風頭如雪
榆莢陣菖蒲葉時節換繁華歇算怎禁風
雨怎禁鵜鴂老冉冉兮花共柳是栖栖者
蜂和蝶也不因春去有閑愁因離別

送徐行仲撫幹

絶代佳人曾一笑傾城傾國休更嘆舊時青鏡而今華髮明日伏波堂上客老當益壯翁應說恨苦遭鄧禹笑人來長寂寂詩酒社江山筆松菊逕雲煙屐怕一觴一詠風流絃絶我夢橫江孤鶴去覺來却與君相别記功名萬里要吾身佳眠食

又

紫陌飛塵望十里雕鞍綉轂春未老已驚

臺榭瘦紅肥綠睡雨海棠猶倚醉舞風楊柳難成曲問流鶯能說故園無舊相熟巖泉上飛鳧浴巢林下棲禽宿根荼蘼開曉謾翻船玉蓮社宜堪談昨夢蘭亭何處尋遺墨但羈懷空自倚秋千無心蹴

盧國華由閩憲移漕建安陳瑞仁給事同諸公餞別余為酒困卧青涂堂上三鼓方醒國華賦詞留別席上和韻青涂瑞仁堂名也

宿酒醒時筭只有清愁而已人正在青涂臺上月華如洗紙帳梅花歸夢覺蓴羹鱸鱠秋風起問人生得意幾何時君歸矣君若問相思事料長在歌聲裏這情懷只是中年如此明月何妨千里隔顧君與我如何耳向樽前重約幾時來江山美

和盧國華

漢節東南看駟馬光華周道須信是七閩還有福星來到庭草自生心意足榕陰不

動秋光好問不知何處着君侯蓬萊島還自笑人今老空有恨縈懷抱記江湖十載厭持旌纛護落我材無所用易除殆類無根潦但欲搜好語謝新詞羞瓊報

山居即事

幾箇輕鷗來點破一泓澄綠更何處一雙鸂鶒故來爭浴細讀離騷還痛飲飽看脩竹何妨肉有飛泉日日供明珠五千斛春雨滿秧新穀閑日永眠黃犢看雲連麥

隴雪堆蠶簇若要足時今足矣以爲未足之
何時足被野老相扶入東園枇杷熟

和傅巖叟香月韻

半山佳句最好是吹香隔屋又還怪冰霜
側畔蜂兒成簇更把香來薰了月却教影
去斜侵竹似神清骨冷住西湖何由俗
根老大穿坤軸枝夭嫋蟠龍斛快酒兵長
俊詩壇高築一再人來風味惡兩三杯後
花緣熟記五更聯句失彌明龍銜燭

壽趙茂嘉郎中〻前章記兼濟倉事

我對君侯怪長見兩眉陰德還夢見玉皇金闕姓名仙籍舊歲炊煙渾斷破公扶起千人活筭胸中除却五車書都無物山左右溪南北花遠近雲朝夕看風流杖屨蒼髯如戟種柳已成陶令宅散花更滿維摩室勸人間且住五千年如金石

壽趙晉臣敷文

老子平生元自有金盤華屋還又要萬間

寒士眼前突兀一舸歸來輕似葉兩翁相
對清如鵠道如今吾亦愛吾廬多松菊
人道是荒年穀還又似豐年玉甚等閑却
爲鱸魚歸速野鶴溪邊留杖屨行人墻外
聽絲竹問近來風月幾爲詩三千軸

游清風峽和趙晉臣敷文韻

兩峽嶄巖問誰占清風舊築更滿眼雲來
鳥去澗紅山綠世上無人供笑傲門前有
客休迎肅怕淒涼無物伴君時多栽竹

風采妙凝氷玉詩句好餘膏馥嘆只今人

物一夔應足人似秋鴻無定住事如飛彈

須圓熟笑君侯陪酒又陪歌陽春曲

木蘭花

席上送張仲固帥興元

漢中開漢業問此地是耶非想劍指三秦

君王得意一戰東歸追亡事今不見但山

川滿目淚霑衣落日胡塵未斷西風塞馬

空肥 一篇書是帝王師小試去征西更

草草離筵匆匆去路愁滿旌旗君思我迴首
處正江涵秋影鴈初飛安得車輪四角不
堪帶減腰圍

滁州送范倅

老來情味減對別酒怯流年況屈指中秋
十分好月不照人圓無情水都不管共西
風只管送歸船秋晚蓴鱸江上夜深兒女
燈前　征衫便好去朝天玉殿正思賢想
夜半承明留教視草却遣籌邊長安故人

問我道愁腸殢酒只只依然目斷秋霄落鴈

醉来時響空弦

題上饒郡圃翠微樓

舊時樓上客愛把酒對南山笑白髮如今天教放浪来往其間登樓更誰念我却廻頭西北望層欄雲雨珠簾畫棟笙歌霧鬢風鬟 近来堪入畫圖看父老頌公懽甚拄笏悠然朝来爽氣正爾相關難忘使君後日便一花一草報平安與客携壺且醉

鴈飛秋影江寒

寄題吴克明廣文菊隱

路傍人怪問此隱者姓陶不甚黄菊如雲朝吟暮醉喚不回頭縱無酒成悵望只東籬搔首亦風流與客朝餐一笑落英飽便歸休　古來堯舜有巢由江海去悠悠待說與佳人種成香草莫怨靈脩我無可無不可意先生出處有如丘聞道問津人過殺雞爲黍相留

中秋飲酒將旦客謂前人詩詞有賦待月無送月者因用天問體賦

可憐今夕月，向何處去悠悠？是別有人間，那邊纔見，光影東頭？是天外空汗漫，但長風浩浩送中秋？飛鏡無根誰繫？姮娥不嫁誰留？

謂經海底問無由，恍惚使人愁。怕萬里長鯨，從橫觸破，玉殿瓊樓。蝦蟆故堪浴水，問云何玉兔解沉浮？若道都齊無恙，云何漸漸如鉤？

稼軒長短句卷之四

稼軒長短句卷之五

水龍吟

登建康賞心亭

楚天千里清秋，水隨天去秋無際。遙岑遠目，獻愁供恨，玉簪螺髻。落日樓頭，斷鴻聲裏，江南游子。把吳鈎看了，欄干拍徧，無人會，登臨意。

休説鱸魚堪鱠，儘西風、季鷹歸未。求田問舍，怕應羞見，劉郎才氣。可惜流年，憂愁風雨，樹猶如此。倩何人喚取紅

巾翠袖揾英雄淚

甲辰歲壽韓南澗尚書

渡江天馬南來幾人真是經綸手長安父老新亭風景可憐依舊夷甫諸人神州沉陸幾曾回首筭平戎萬里功名本是真儒事公知否　況有文章山斗對桐陰滿庭清晝當年墮地而今試看風雲奔走綠野風煙平泉草木東山歌酒待他年整頓乾坤事了為先生壽

次年南澗用前韻為僕壽僕與公

生日相去一日再和以壽南澗

玉皇殿閣微涼看公重試薰風手高門畫戟桐陰閒道青青如舊蘭佩空芳蛾眉誰妬無言搔首甚年年却有呼韓塞上人爭問公安否　金印明年如斗向中州錦衣行晝依然盛事貂蟬前後鳳麟飛走富貴浮雲我評軒冕不如杯酒待從公痛飲八千餘歲伴莊椿壽

盤園任子嚴安撫挂冠得請客以

　高風名其堂書來索詞爲賦

斷崖千丈孤松挂冠更在松高處平生袖手故應休矣功名良苦笑指兒曹人間醉夢莫嗔驚汝問黄金餘幾旁人欲説田園計君推去歎息薌林舊隱對先生竹窗松户一花一草一觴一詠風流杖屨野馬塵埃扶摇下視蒼然如許恨當年九老圖中忘却畫盤園路

寄題京口范南伯知縣家文官花
花先白次緋次紫唐會要載學士
院有之
倚欄看碧成朱等閑褪了香袍粉上林高
選匆匆又換紫雲衣潤幾許春風朝薰莫
染爲花忙損笑舊家桃李東塗西抹有多
少淒涼恨　擬倩流鶯說與記榮華易消
難整人間得意千紅百紫轉頭春盡白髮
憐君儒雅曾誤平生官冷算風流未減年

年醉裏把花枝問

題雨巖巖巔今所畫觀音補陁巖

中有泉飛出如風雨聲

補陁大士虛空翠巖誰記飛來處蜂房萬
點似穿如礙玲瓏窗户石髓千年已垂未
落嶙峋冰柱有怒濤聲遠落花香在人疑
是桃源路　又說春雷鼻息是臥龍彎環
如許不然應是洞庭張樂湘靈來去我意
長松倒生陰壑細吟風雨竟茫茫未曉只

應白髮是開山祖

瓢泉

稼軒何必長貧放泉簷外瓊珠瀉樂天知命古來誰會行藏用舍人不堪憂一瓢自樂賢哉回也料當年曾問飯蔬飲水何爲是栖栖者　且對浮雲山上莫匆匆去流山下蒼顔照影故應零落輕裘肥馬遶齒冰霜滿懷芳乳先生飲罷笑挂瓢風樹一鳴渠碎問何如啞

用瓢泉韻戲陳仁和兼簡諸葛元亮

且督和詞

被公驚倒瓢泉倒流三峽詞源瀉長安紙貴流傳一字千金爭舍割肉懷歸先生自笑又何廉也但銜杯莫問人間豈有如孺子長貧者　誰識稼軒心事似風乎舞雩之下回頭落日蒼茫萬里塵埃野馬更想隆中卧龍千尺高吟纔罷倩何人與問雷鳴瓦釜甚黄鐘啞

用些語再題瓢泉歌以飲客聲韻甚諧客皆為之釂

聽兮清珮瓊瑤些明兮鏡秋毫些君無去此流昏漲膩生蓬蒿些虎豹甘人渴而飲汝寧猿猱些大而流江海覆舟如芥君無助狂濤些　路險兮山高些塊予獨処無聊些冬槽春盎歸來為我製松醪些其外芳芬團龍片鳳煮雲膏些古人兮既往嗟予之樂樂簞瓢些

過南劍雙溪樓

舉頭西北浮雲倚天萬里須長劍人言此地夜深長見斗牛光焰我覺山高潭空水冷月明星淡待燃犀下看凭欄卻怕風雷怒魚龍慘　峽束蒼江對起過危樓欲飛還斂元龍老矣不妨高臥冰壺涼簟千古興亡百年悲笑一時登覽問何人又卸片帆沙岸繫斜陽纜

爰李延年歌淳于髡語合為詞庶

幾處唐神女洛神賦之意云

昔時曾有佳人翩然絕世而獨立未論一顧傾城再顧又傾人國寧不知其傾城傾國佳人難再得看行雲行雨朝朝暮暮陽臺下襄王側　堂上更闌燭滅記主人留髡送客合尊促坐羅襦襟解微聞薌澤當此之時止乎禮義不淫其色但熒其泣矣熒其泣矣又何嗟及

別傳先之提舉時先之有召命

只愁風雨重陽思君不見令人老行期定否征車幾輛去程多少有客書來長安卻早聲(去)傳聞追詔問歸來何日君家舊事直須待為霖了從此蘭生蕙長吾誰與玩茲芳草自憐拙者功名相避去如飛烏只有良朋東阡西陌安排似巧到如今巧處依前又拙把平生笑

又

老來曾識淵明夢中一見參差是覺來幽

恨停觴不御欲歌還止白髮西風折腰五斗不應堪此問北窗高臥東籬自醉應别有歸來意　須信此翁未死到如今凜然生氣吾儕心事古今長在高山流水富貴他年直饒未免也應無味甚東山何事當時也道爲蒼生起

摸魚兒

淳熙己亥自湖北漕移湖南同官王正之置酒小山亭爲賦

更能消幾番風雨匆匆春又歸去惜春長
怕花開早何況落紅無數春且住見說道
天涯芳草無歸路怨春不語算只有殷勤
畫簷蛛網盡日惹飛絮　長門事準擬佳
期又誤蛾眉曾有人妒千金縱買相如賦
脈脈此情誰訴君莫舞君不見玉環飛燕
皆塵土閑愁最苦休去倚危欄斜陽正在
煙柳斷腸處

觀潮上葉丞相

望飛来半空鷗鷺須臾動地鼙鼓截江組
練驅山去鏖戰未收貔虎朝又暮慣得
吳兒不怕蛟龍怒風波平步看紅旆驚飛
跳魚直上蹙踏浪花舞　憑誰問萬里長
鯨吞吐人間兒戲千弩滔天力倦知何事
白馬素車東去堪恨處人道是屬鏤怨憤
終千古功名自誤謾教得陶朱五湖西子
一舸弄煙雨

兩巖有石狀甚怪取離騷九歌名

曰山鬼因賦摸魚兒改名山鬼謠

問何年此山來此西風落日無語看君似是羲皇上直作太初名汝溪上路算只有紅塵不到今猶古一杯誰舉笑我醉呼君崔嵬未起山鳥覆杯去　須記取昨夜龍湫風雨門前石浪掀舞四更山鬼吹燈嘯驚倒世間兒女依約處還問我清游杖屨公良苦神交心許待萬里攜君鞭笞鸞鳳誦我遠游賦石浪庵外巨石也長三十餘丈

西河

送錢仲耕自江西漕移守婺州

西江水道似西江人淚無情却解送行人月明千里從今日日倚高樓傷心煙樹如薺　會君難別君易草草不如人意十年着破繡衣茸種成桃李問君可是厭承明東方鼓吹千騎　對梅花更消一醉看明年調鼎風味老病自憐憔悴過吾廬定有幽人相問歲晚淵明歸來未

永遇樂

送陳仁和自便東歸陳至上饒之一年得子甚喜

紫陌長安看花年少無恨歌舞白髮憐君尋芳較晚卷地驚風而問君知否鴟夷載酒不似井瓶身誤細思量悲歡夢裏覺來總無尋處　芒鞋竹杖天教還了千古玉溪佳句落魄東歸風流贏得掌上明珠去起看清鏡南冠好在拂了舊時塵土向君

道雲霄萬里這回穩步

梅雪

谿底寒梅一枝雪裏直恁懸絶同評無言依稀似妬天上飛英白江山一夜瓊瑤萬頃此段如何妬得細看來風流添得自家越樣標格　晚来樓上對花臨鏡學作半粧額着意爭妍那知却有人妬花顔色無情休問許多般事且自訪梅踏雪待行過溪橋夜半更邀素月

戲賦辛字送茂嘉十二弟赴調

烈日秋霜忠肝義膽千載家譜得姓何年細參辛字一笑君聽取艱辛做就悲辛滋味總是辛酸辛苦更十分向人辛辣椒桂擣殘堪吐　世間應有芳甘濃美不到吾家門戶比著兒曹纍纍却有金印光垂組付君此事從今直上休憶對床風雨但贏得鞾紋縐面記余戲語

檢校停雲新種杉松戲作時欲作

親舊報書紙筆偶為大風吹去末

章因及之

投老空山萬松手種跂爾堪嘆何日成陰

吾年有幾似見兒孫晚古来池館雲煙草

棘長使後人悽斷想當年良辰已恨夜闌

酒空人散　傳雲高懃誰知老子萬事不

関心眼夢覺東窗聊復爾耳起欲題書蔺

霎時風怒倒翻筆硯天也只教吾懶又何

事催詩急雨佇雲斗暗

京口北固亭懷古

千古江山英雄無覓孫仲謀處舞榭歌臺風流揔被雨打風吹去斜陽草樹尋常巷陌人道寄奴曾住想當年金戈鐵馬氣吞萬里如虎　元嘉草草封狼居胥贏得倉皇北顧四十三年望中猶記烽火揚州路可堪回首佛貍祠下一片神鴉社鼓憑誰問廉頗老矣尚能飯否

歸朝歡

靈山齋庵菖蒲港皆長松茂林

獨野櫻花一株山上盛開照映

可愛不數日風雨摧敗殆盡意

有感因効介庵體爲賦且以菖

蒲綠名之丙辰歲三月三日也

山下千林花太俗山上一枝看不足春風

正在此花邊菖蒲自蘸清溪綠與花同草

木向誰風雨飄零速莫悲歌夜深巖下驚

動白雲宿　病怯殘年頻自卜老愛遺篇

難細讀苦無妙手畫於蒐人間雕刻真成
鵲夢中人似玉覺來更憶腰如束許多愁
問君有酒何不日絲竹

寄題三山鄭元英巢經樓樓之側
有尚友齋欲借書者就齋中取讀
書不借出

萬里康成西走蜀藥市船歸書滿屋有特
光彩射星躔何人汗簡讎天祿好乞寧宵
足請看良賈藏金玉記斯文千年未喪四

壁間絲竹　試問辛勤携一束何似牙籤三萬軸古來不作借人癡有用只就雲窗讀憶君清夢熟覺來笑我便便腹倚危樓人間誰棄掃地八風曲

題趙晉臣敷文積翠巖

我笑共工缘底怒觸斷峩峩天一柱補天又笑女媧忙却將此石投閑處野烟荒草路先生柱杖來看汝倚蒼苔摩挲試問千古幾風雨　長被兒童敲火苦時有牛羊

磨角去霍然千丈翠巖屛鏘然一滴甘泉
乳結亭三四五會相暖、熱攜歆彝細思量
古来寒士不遇有時遇

丁卯歲寄題眉山李参政石林

見說岷峨千古雪都作岷峨山上石君家
右史老泉公千金費盡勤收拾一堂真石
室空庭更與添突兀記當時長編筆硯日
日雲烟濕　野老時逢山鬼泣誰夜持山
去難覓有人依様入明光玉堦之下巖巖

丘琅玕無數碧風流不數平原物欲重吟
青葱玉樹須倩子雲筆

一枝花

醉中戲作

千丈擎天手萬卷懸河口黃金腰下印大
如斗更千騎弓刀揮霍遮前後百計千方
久似鬭草兒童贏箇他家偏有　筭枉了
雙眉長恁皺白髮空回首那時閑說向山
中友看丘隴牛羊更辨賢愚否且自栽花

柳怕有人來但只道今朝中酒

喜遷鶯

謝趙晉臣敷文賦芙蓉詞見壽用
韻為謝

暑風涼月愛亭亭無數綠衣持節掩冉如
羞參差似妬擁出芙蕖花發步襯潘娘堪
恨貌比六郎誰潔添白鷺晚晴時公子佳
人並列　休說搴木末當日靈均恨與君
王別心阻媒勞交疎怨極恩不甚兮輕絕

千古離騷文字芳至今猶未歇都休問但
千杯快飲露荷翻葉

瑞鶴仙

壽上饒倅洪莘之時攝郡事且將
赴漕舉

黃金堆到斗怎得似長年畫堂勸酒蛾眉
最明秀向水沉煙裊兩行紅袖笙歌擁就
爭說道明年時候被姮娥做了慇懃仙桂
一枝入手　知否風流別駕近日人呼文

章太守天長地久歲上延翁壽記從來人
道相門出相金印纍纍儘有但直須周公
拜前魯公拜後

賦梅

鴈霜寒透幙正護月雲輕嫩冰猶薄溪奩
照梳掠想含香弄粉艷粧難學玉肌瘦弱
更重重龍綃襯着倚東風一笑嫣然轉盼
萬花羞落　寂寞家山何在雪後園林水
邊樓閣瑤池舊約鱗鴻更仗誰托粉蝶兒

只解尋桃覓柳開遍南枝未覺但傷心冷
落黃昏數聲畫角

南劍雙溪樓

片帆何太急望一點須臾去天咫尺舟人
好看客似三峽風濤嵯峨劍戟溪南溪北
正遐想幽人泉石看漁樵指點危樓却羨
舞筵歌席　嘆息山林鍾鼎意倦情遷本
無欣戚轉頭陳迹飛鳥外晚烟碧問誰憐
舊日南樓老子最愛月明吹笛到而今撲

面黃塵欲歸未得

聲聲慢

滁州作奠枕樓和李清宇韻

征埃成陣行客相逢都道幻出層樓指點簷牙高處浪涌雲浮今年太平萬里罷長淮千騎臨秋凭欄望有東南佳氣西北神州　千古懷嵩人去還笑我身在楚尾吳頭看取弓刀陌上車馬如流從今賞心樂事剩安排酒令詩籌華胥夢願年年人似

舊游

嘲紅木犀 余兒時嘗入京師禁中凝碧池因書當時所見

開元盛日天上栽花月殿桂影重重十里芬芳一枝金粟玲瓏管絃凝碧池上記當時風月愁儂翠華遠但江南草木煙鎖深宮 只為天姿冷澹被西風醞釀徹骨香濃杜學丹蕉葉底偷染妖紅道人取次裝束是自家香底家風又怕是為凄涼長在醉中

送上饒黃倅秩滿赴調

東南形勝人物風流白頭見君恨晚便覺君家叔度去人未遠長據士元驥足道直須別駕方展閒簡裏待怎生銷殺胸中萬卷　況有星辰劍履是傳家合在玉皇香案零落新詩我欠可人消遣留君再三不住便直饒萬家淚眼怎抵得這眉間黃色一點

隱括淵明停雲詩

停雲靄靄八表同昏盡日時雨濛濛搔首
良朋門前平陸成江春醪湛湛獨撫恨彌
襟閑飲東窗空延佇恨舟車南北欲往何
從　嘆息東園佳樹列初榮枝葉再競春
風日月于征安得促席從容翩翩何處飛
鳥息庭柯好語和同當年事問幾人親友
似窮

稼軒長短句卷之六

八聲甘州

壽建康帥胡長文給事時方閱

折紅梅之舞且有錫帶之寵

把江山好處付公來金陵帝王州想今年燕子依然認得王謝風流只用平時尊俎彈壓萬貔貅依舊鈞天夢玉殿東頭　看取黃金橫帶是明年準擬丞相封侯有紅梅新唱香陣卷溫柔且畫堂通宵一醉待

送令更數八千秋公知否和人香火夜半纔收

夜讀李廣傳不能寐因念晁楚老楊民瞻約同居山間戲用李廣事賦以寄之

故將軍飲罷夜歸來長亭解雕鞍恨灞陵醉尉匆匆未識桃李無言射虎山橫一騎裂石響驚弦落魄封侯事歲晚田園誰向桑麻杜曲要短衣匹馬移住南山看風

淙慷慨譚笑過殘年 漢開邊功名萬里甚當時健者也曾閑紗窗外斜風細雨一陣輕寒

雨中花慢

登新樓有懷趙昌甫徐斯遠韓仲止吳子似楊民瞻

舊雨常來今雨不來佳人偃蹇誰留幸山中芋栗今歲全收貧賤交情落落古今吾道悠悠怪新來却見文反離騷詩發秦州

功名只道無之不樂那知有更堪憂怎
奈向兒曹抵死喚不回頭石卧山前認虎
蟻喧床下聞牛為誰西望憑闌一餉卻下
層樓

吳子似見和再用韻為別

馬上三年醉帽吟鞍錦囊詩卷長留悵溪
山舊管風月新收明使關河杳杳去應日
月悠悠笑千篇索價未抵蒲桃五斗涼州
停雲老子有酒盈罇琴書端可銷憂渾

未解傾身一飽淅米矛頭心似傷弓寒鴈
身如喘月吳牛曉天涼夜月明誰伴吹笛
南樓

漢宮春

立春

春已歸來看美人頭上裊裊春幡無端風
雨未肯收盡餘寒年時燕子料今宵夢到
西園渾未辨黃柑薦酒更傳青韭堆盤
却笑東風從此便薰梅染柳更沒些閑閑

時又來鏡裏轉變朱顏請愁不斷問何人會解連環生怕見花開花落朝來塞鴈先還

即事

行李溪頭有釣車茶具曲几團蒲兒童認得前度過者籃輿時時照影甚此身徧滿江湖悵野老行歌不住定堪與語難呼一自東籬搖落問淵明歲晚心賞何如梅花政自不惡曾有詩無知翁止酒待重敎

蓮社人沽空悵望風流已矣江山特地愁
予

會稽蓬萊閣懷古

秦望山頭看亂雲急雨倒立江湖不知雲
者為雨雨者雲乎長空萬里被西風變滅
須臾回首聽月明天籟人間萬竅號呼
誰向若耶溪上倩美人西去麋鹿姑蘇至
今故國人望一舸歸歟歲云暮矣問何不
鼓瑟吹竽君不見王亭謝館冷煙寒樹啼

烏

會稽秋風亭觀雨

亭上秋風記去年嫋嫋曾到吾廬山河舉目雖異風景非殊功成者去覺團扇便與人疏吹不斷斜陽依舊茫茫禹跡都無千古茂陵詞在甚風流章句解擬相如只令木落江冷眇眇愁余故人書報莫因循忘却蓴鱸誰念我新涼燈火一編太史公書

答李兼善提舉和章

心似孤僧更茂林脩竹山上精廬維摩定自非病誰遣文殊白頭自昔嘆相逢語密情疎傾蓋處論心一語只今還有公無最喜陽春妙句被西風吹墮金玉鏗如夜來歸夢江上父老歡予荻花深處喚兒童吹火烹鱸歸去也絕交何必更脩山巨源書

答吕子似總幹和章

達則青雲便玉堂金馬窮則茅廬逍遙小大自適鵬鷃何殊君如星斗燦中天落落踈踈蒿草外自謙螢火清光暫有還無千古李膺猶在向松江道我問訊何如白頭愛山下去翁定嗔予人生謾爾豈食魚必鱠之鱸還自笑君詩頓覺胷中萬卷藏書

滿庭芳

和洪丞相景伯韻

傾國無媒入宮見妬古來顰損娥眉看公
如月光彩衆星稀袖手高山流水聽羣蛙
鼓吹荒池文章手直須補衮藻火粲宗彝
癡兒公事了吳蠶纏繞自吐餘絲幸一
枝粗穩三徑新治且約湖邊風月功名事
欲使誰知都休問英雄千古荒草沒殘碑

和洪丞相景伯韻呈景盧内翰

急管哀絃長歌慢舞連娟十樣宮眉不堪
紅紫風雨曉稀稀惟有楊花飛絮依舊是

萍蒲方池酴醾在，青虬快剪，揷遍古銅彝。

誰將春色去，鸞膠難覓，絃斷朱絲。恨牡丹多病也費醫治。夢裏尋春不見，空腸斷怎得春知。休惆悵，一觴一詠，須刻右軍碑。

游豫章東湖再用韻

柳外尋春，花邊得句，怪公喜氣軒眉。陽春白雪，清唱古今稀。曾是金鑾舊客，記鳳凰獨遶天池。揮毫罷，天顏有喜，催賜尚方彝。公在詞掖嘗拜尚方寶彝之賜

只今江邊上，釣天夢覺，清

絹如絲算除非痛把酒療花治明月五湖佳興扁舟去一笈誰知溪堂好且拚一醉倚杖讀韓碑堂記公所製

和章泉趙昌父

西崦斜陽東江流水物華不爲人留崢然一葉天下已知秋屈指人間得意問誰是騎鶴揚州君知我從來雅興未老已滄洲無窮身外事百年能幾一醉都休恨兒曹抵死謂我心憂況有溪山杖屨阮籍輩

須我來遊還堪笑機心早覺海上有驚鷗

六么令

用陸氏事送玉山令陸德隆侍親

東歸吳中

酒群花隊攀得短轅折誰憐故山歸夢千里蓴羹滑便整松江一棹點檢能言鴨故人歡接醉懷霜橘墮地金圓醒時覺　長喜劉郎馬上肯聽詩書說誰對叔子風流直把曹劉壓更看君侯事業不負平生學離

觴愁怯送君歸後細寫茶經煮香雪

再用前韻

倒冠一笑華髮玉簪折陽關自來凄斷却怪歌聲滑放浪兒童歸舍莫惱比隣鴨水連山接看君歸興如醉中醒夢中覺　江上吾儂問我一一頬君說尊酒頻空讚欠真珠壓手把漁竿未穩長向滄浪學問愁誰怯可堪楊柳先作東風蒲城雪

醉翁操

頃余從范先之求觀家諸見其冠冕輝聯世載勳德先之甚文而好脩意其昌未艾也皆軰慶勳臣子孫無見仕者命官之先是屢詔甄録元祐黨籍家合是二者先之應仕矣將告諸朝行宥日請余作詩以贈屬余避謗持此戒甚力不得如先之之請又念先之與余遊八年日從事

詩酒間意相得歡甚於其別也

何獨觖怒然顧先之長於楚詞

而妙於琴輙擬醉翁操為之詞

以敘別異時先之綰組東歸僕

當買羊沽酒先之為鼓一再行

以為山中盛事云

長松之風如公肯余從山中人心與吾兮

誰同湛湛千里之江上有楓噫送子于[illegible]

望君之門兮九重女無悅已誰適為容

不龜手藥或一朝兮取封昔與遊兮皆童
我獨窮兮今翁一魚兮一龍勞心兮忡忡
噫命與時逢子取之食兮萬鍾

醜奴兒近

博山道中效李易安體

千峰雲起驟雨一霎兒價更遠樹斜陽風
景怎生圖畫青旗賣酒山那畔別有人家
只消山水光中無事過這一夏　午醉醒
時松窗竹戶萬千瀟灑野鳥飛來又是一

般閑暇却怪白鷗覷着人欲下未下舊盟
都在新來莫是别有說話

洞僊歌

壽葉丞相

江頭父老說新來朝野都道今年太平也
見朱顔緑鬢玉帶金魚相公是舊日中朝
司馬　遥知宣勸處東閤華燈别賜僊韶
接元夜間天上幾多春只似人間但長見
精神如畫好都取山河獻　君王看父子

貂蟬玉泉迎駕

紅梅

氷姿玉骨自是清凉■此度濃粧為誰改向竹籬茅舍幾誤佳期招伊怪滿臉顏紅微帶　壽陽粧鑑裏應是承恩纖手重匀異香在怕等閑春未到雪裏先開風流煞說與羣芳不解更總做北人未識伊據品調難作杏花看待

訪泉於期思得周氏泉為賦

飛瀑萬壑共千巖爭秀孤負平生弄泉手
嘆輕衫短帽幾許紅塵還自喜濯髮滄浪
依舊 人生行樂耳身後虛名何似生前
一杯酒便此地結吾廬待学淵明更手種
門前五柳且歸去父老約重來問如此青
山定重來否

浮石山莊余友月湖道人何同
琳之別墅也山類羅浮故以名
同琳嘗作遊山次序榜示余且

索詞爲賦洞僊歌以遺之同舟
須遊羅浮遇一老人厖眉幅巾
語同舟云當有晚年之契蓋僊
云
松關桂嶺望青葱無路費盡銀鉤榜佳處
帳空山歲晚窈窕誰來須著我醉卧石樓風
雨　僊人瓊海上握手當年笑許君攜半
山去劉疊嶂卷飛泉洞府淒涼又却怕先
生多病怕夜來羅浮有時還好長把雲煙

再三遮住

開南溪初成賦

婆娑欲舞怪青山歡喜分得清溪半篙水記平沙鷗鷺落日漁樵湘江上風景依然如此　東籬多種菊待學淵明酒興詩情不相似十里漲春波一棹歸來只做箇五湖范蠡是則是一般弄扁舟爭知道他家有箇西子

趙晉臣和李能伯韻屬余同和

趙以兄弟有職名為寵詞中頗
叙其盛故末章有裂土分茅之
句
舊交貧賤太半成新貴冠蓋門前幾行李
看毋毋西笑爭出山來馮誰問水草何如
遠志　悠悠今古事得喪乘除莫四朝三
又何異任軒天事業冠古文章有幾篇箋
歌晚歲況滿屋貂蟬未為榮記裂土分封
是公家世

丁卯八月病中作

賢愚相去算其間能幾差以毫釐繆千里細思量義利舜跖之分孳孳者等是雞鳴而起　味甘終易壞歲晚還知君子之交淡如水一餉聚飛蚊其響如雷深自覺昨非今是羞安樂窩中泰和湯更劇飲無過半醺而已

驀山溪

停雲竹逕初成

小橋漾水欲下前溪去喚起故人來伴先生風煙杖屨行穿窈窕時歷小崎嶇斜帶水半遮山翠竹栽成路　一尊遐想剩有淵明趣山上有停雲看山下濛濛細雨野花啼鳥不肯入詩來還一似笑翁詩句沒安排處

趙昌父賦一丘一壑格律高古因倣其體

飯蔬飲水客莫嘲吾拙高處看浮雲一丘

壑中間甚樂功名妙手壯也不如人今老矣尚何堪堪釣前溪月　病來止酒辜負鸕鷀杓歲晚念平生待都與鄰翁細說人間萬事先覺者賢乎深雪裏一枝開春事梅先覺

最高樓

醉中有索四時歌爲賦

長安道投老倦遊歸七十古來稀藕花雨濕前湖夜桂枝風澹小山時怎消除須殢

酒吏吟詩　也莫向竹邊辜負雪也莫向柳邊辜負月閑過了總成癡種花事業無人問惜花情緒只天知笑山中雲出早歸遲

和楊民瞻席上用韻賦牡丹

西園買誰載萬金歸多病勝遊稀風斜畫燭天香夜涼生翠蓋酒酣時待重尋居士譜謫僊詩　看黃氏御袍元自貴看紅底狀元新得意如斗大笑花癡漢妃翠被嬌

無奈吳娃粉陣恨誰知但紛紛蜂蝶亂笑
春遲

送丁懷忠教授入廣渠赴調都
下久不得書或謂從人辟置或
謂徑歸閩中矣

相思苦君與我同心魚沒鴈沉沉是夢他
松後追軒冕是化爲鶴後去山林對西風
直悵望到如今　待不飲奈何君有恨待
痛飲奈何吾又病君起舞試重斟蒼梧雲

外湘妃泪鼻亭山下鷓鴣吟早歸來謝求
外有知音

慶洪景盧内翰七十

金閨老眉壽正如川七十且華筵樂天詩
句香山囊杜陵酒債曲江邊問何如歌窈
窕舞嬋娟　更十歲太公方出將又十歲
武公方入相留盛事看明年直須胥下添
金印莫教頭上欠貂蟬向人間長富貴地
行僊

聞前岡周氏旌表有期

君聽兩尺布尚堪縫斗粟也堪舂人間朋友猶能合古來兄弟不相容棣華詩悲二叔予周公　長歎息脊令原上急重歎息豆萁煎正泣形則異氣應同周家五母將軍後前岡千載義居風看明朝丹鳳詔紫泥封

客有敗碁者代賦梅

花知否花一似何郎又似沈東陽瘦稜稜

地天然白冷清清地許多香笑柬君還又向北枝忙　着一陣霎時間底雪更一箇缺些兒底月山下路水邊墻風流怕有人知處影兒守定竹旁廂且饒他桃李趂少年場

用韻答趙晉臣敷文

花好處不趂綠衣郎縞袂立斜陽面皮兒上因誰白骨頭兒裏幾多香儘饒他心似鐵也須忙　甚喚得雪來白倒雪更嗅得

月來香殺月誰立馬更窺墻將軍叱喝山南畔相公調鼎殿東廂咸高才經濟地戰爭場

名了

君衰矣須富貴何時富貴是危機塹忘設醴抽身去亦曾得米棄官歸穆先生陶縣令是吾師　待葺箇園兒名佚老更作箇亭兒名亦好閑飲酒醉吟詩千年田換八百主一人口插幾張匙便休休更說甚是

和非

上西平

會稽秋風亭觀雪

九衢中杯逐馬帶隨車問誰解愛惜瓊華何如竹外靜聽窣窣蟹行沙自憐是海山頭種玉人家　紛如鬭嬌如舞才整整又斜斜要圖畫還我漁蓑凍吟應笑羔兒無分謾煎茶起來極目向彌茫數盡歸鴉

送杜叔高

恨如新新恨了又重新看天上多少浮雲

江南好景落花時節又逢君夜來風雨春

歸似欲留人　樽如海人如玉詩如錦筆

如神能幾字盡殷勤江天日莫何時重與

細論文綠楊陰裏聽陽關門掩黄昏

稼軒長短句卷之七

新荷葉

和趙德莊韻

人已歸來杜鵑欲勸誰歸綠樹如雲等閒付與鶯飛兔葵燕麥問劉郎幾度沾衣翠屏幽夢覺來水遠山圍　有酒重攜小園隨意芳菲往日繁華而今物是人非春風半面記當年初識崔徽南雲雁少錦書無箇因依

再和前韻

春色如愁行雲帶雨纔歸春意長閑游緣盡日低飛閑愁幾許更晚風特地吹衣小窗人靜棊聲似解重圍　光景難攜任他鶗鴂芳菲細數從前不應詩酒皆非知音絃斷笑淵明空撫餘徽傳杯對影待邀明月相依

再題傅巖叟悠然閣

種豆南山零落一頃爲萁歲晚淵明也吟

草盛苗稀風流刬地向尊前采菊題詩悠然忽見此山正遠東籬　千載襟期高情想像當時小閣横空朝來翠撲人衣是中真趣問騁懷遊目誰知無心出岫白雲一片孤飛

趙茂嘉趙晉臣和韻見約初秋訪悠然再用韻

物盛還衰眼看春葉秋萁貴賤文情翟公門外人稀酒酣耳熱又何須幽憤裁詩茂

林脩竹小園曲逕踈籬　秋以為期西風黃菊開時拄杖敲門任他顛倒裳衣去年堪笑醉題詩醒後方知而今東望心隨去鳥先飛

上巳日吳子似謂古今無此詞索賦

曲水流觴賞心樂事良辰蘭蕙光風轉頭天氣還新明眸皓齒看江頭有女如雲折花歸去綺羅陌上芳塵　舩幾多春試聽

啼鳥殷勤對景興懷向來哀樂紛紛且題醉墨似蘭亭列敘時人後之覽者文將有感斯文

徐思上巳乃子似生日因改定

曲水流觴賞心樂事良辰今幾千年風流禊事如新明眸皓齒看江頭有女如雲折花歸去綺羅陌上芳塵　絲竹紛紛楊花飛鳥銜巾爭似羣賢茂林脩竹蘭亭一觴一詠亦足以暢敘幽情清歡未了不如留

任青春

御街行

無題

闌干四面山無數，供望眼，朝與暮。好風催雨過山來，吹盡一簾煩暑。紗廚如霧，簟紋如水，別有生涼處。

冰肌不受鉛華污，更旎旎，真香聚。臨風一曲最妖嬈，唱得行雲且住。藕花都放，木犀開後，待與乘鸞去。

山中問盛溴之提幹行期

山城甲子冥冥雨門外青泥路杜鵑只是
等閑啼莫被他催歸去垂楊不語行人去
後也會風前絮　情知夢裏尋鵷鷺玉殿
追班處怕君不飲太愁生不是苦留君住
白頭笑我年年送客自嗟春江渡

祝英臺近

晚春

寶釵分桃葉渡烟柳暗南浦怕上層樓十
日九風雨斷腸片片飛紅都無人管更誰

勸嗁鸎聲住　鬢邊覷應把花卜歸期才
簪又重數羅帳燈昏哽咽夢中語是他春
帶愁來春歸何處却不解帶將愁去

與客飲瓢泉客以泉聲喧靜爲
問余醉未及答或者以蟬噪林
逾靜代對意甚美矣翌日爲賦
此詞以褒之

水從橫山遠近柱杖占千頃老眼羞明水
底看山影試教水動山搖吾生堪笑似此

箇青山無定　一瓢飲人間翁愛飛泉來
尋箇中靜遶屋聲喧怎做靜中境我眠君
且　歸休維摩方丈待天女散花時間

婆羅門引

別杜叔高叔高長於楚詞

落花時節杜鵑聲裏送君歸未消文字湘
纍只怕蛟龍雲雨後會渺難期更何人念
我老大傷悲　已而已而算此意只君知
記取岐亭買酒雲洞題詩爭如不見纔相

見便有別離時千里月兩地相思

用韻別郭逢道

緑陰啼鳥陽關未徹早催歸歌珠悽斷纍纍回首海山何處千里共襟期嘆高山流水絃斷堪悲　中心悵而似風雨落花知更擬傳雲君去細和陶詩見君何日待瓊林宴罷醉歸時人爭看寶馬來思

用韻答傳先之時傅宰龍泉均

龍泉佳處種花滿縣卻東歸腰間玉若金

纍須信功名富貴長與少年期悵高山流
水古調今悲　卧龍暫而算天上有人知
最好五十學易三百篇詩男兒事業看一
日須有致君時端的了休便尋思

用韻答趙晉臣敷文

不堪鶗鴂早教百草放春歸江頭愁殺吾
纍却覺君侯雅句千載共心期便留春甚
樂樂了須悲　瓊而素而被花惱只鶯知
正要千鍾角酒五字裁詩江東日暮道繡

荅人去未多時還文要玉殿論思

趙晉呂敷文張燈甚盛索賦偶懷舊游末章因及之

落星萬點一天寶熖下層霄人間疊作儛鼇最愛金蓮側畔紅粉裊花梢更鳴鼉擊鼓噴玉吹簫　曲江畫橋記花月可憐宵想見閑愁未了宿酒纔消東風搖蕩似楊柳十五女兒腰人共柳那箇無聊

千年調

開山徑得石壁因名曰蒼壁事
出望外意天之所賜邪喜而賦

左手把青霓右手挾明月吾使豐隆前導叫開閶闔周遊上下徑入寥天一覽玄圃萬斛泉千丈石　釣天廣樂燕我瑤之席帝飲予觴甚樂賜汝蒼壁嶙峋突兀正在一丘壑余馬懷僕夫悲下恍惚

廡菴小閣名曰卮言作此詞以
嘲之

卮酒向人時和氣先傾倒最要然然可可萬事稱好滑稽坐上更對鴟夷笑寒與熱摠隨人甘國老　少年使酒出口人嫌拗此箇和合道理近日方曉學人言語未會十分巧看他門得人憐秦吉了

粉蝶兒

和趙晉臣敷文賦落梅

昨日春如十三女兒學繡一枝枝不教花瘦甚無情便下得雨僝風僽向園林鋪作

地衣紅縐　而今春似輕薄蕩子難久記
前時送春歸後把春波都釀作一江醇酎
約清愁楊柳岸邊相候

千秋歲

金陵壽史帥致道時有版築役
塞垣秋草又報平安好尊俎上英雄表金
湯生氣象珠玉霏譚笑春近也梅花得似
人難老　莫惜金尊倒鳳詔看看到留不
住江東小從容帷幄去整頓乾坤了千百

歲從今盡是中書考

江神子

和人韻

賸雲殘日弄陰晴晚山明小溪橫枝上綿蠻休作斷腸聲但是青山山下路青到處總堪行　當年綵筆賦蕪城憶平生若為情試把靈槎歸路問君平花底夜深寒較甚須拚却玉山傾

又

棃花着雨晚來晴月籠明縹緲横繡閣香
濃深鎖鳳簫聲未必人知春意思還獨自
遶花行　酒兵昨夜壓愁城太狂生轉關
情寫盡胸中磈磊未全平却憑平章瑶玉
價看醉裏錦囊傾

和陳仁和韻

玉簫聲遠憶驂鸞幾悲歡帶羅寬且對花
前痛飲莫留殘歸去小窗明月在雲一縷
玉千竿　吳霜應點鬢雲斑綺窗閑夢連

環說與東風歸興有無間芳草姑蘇臺下路和淚看小屏山

又

寶釵飛鳳鬢驚鸞望重歡水雲寬腸斷新來翠被粉香殘待得來時春盡也梅結子笋成竿　湘筠簾卷淚痕斑珮聲閑玉垂環箇裏溫柔容我老其間卻笑平生三羽箭何日去定天山

和人韻

梅梅柳柳鬪纖穠亂山中為誰容試着春衫依舊怯東風何處踏青人未去呼女伴認驕驄　兒家門戶幾重重記相逢畫樓東明日重來風雨暗殘紅可惜行雲春不管裙帶褪鬢雲鬆

博山道中書王氏壁

一川松竹任橫斜有人家被雲遮雪後疎梅時見兩三花比着桃源溪上路風景好不爭些　旗亭有酒徑須賒晚寒咱怎禁

他醉裏毋毋歸騎自隨車白髮蒼顏吾老
矣只此地是生涯

聞蟬蛙戲作

簟鋪湘竹帳籠紗醉眠些些夢天涯一枕驚
回水底沸鳴蛙借問喧天成鼓吹良自苦
爲官哪　心空喧靜不争多病維摩意云
何掃地燒香且看散天花斜日綠陰枝上
噪還又問是蟬麽

送元濟之歸豫章

亂雲擾擾水潺潺笑溪山幾時閑更覺桃源人去隔僊凡（桃源乃王氏酒壚與濟之作別處）萬壑千巖樓外雪瓊作樹玉為欄　倦遊回首且加餐短篷寒畫圖閒見說嬌顰擁髻待君看二月東湖湖上路官柳嫩野梅殘

賦梅寄余朴良

暗香橫路雪垂垂晚風吹曉風吹花意爭春先出歲寒枝畢竟一年春事了緣大早却成遲　未應全是雪霜姿欲開時未開

時粉面朱唇一半點臙脂醉裏語花花莫恨渾冷落有誰知

別吳子似末寄潘德久

看君人物漢西都過吾廬笑譚初便説公卿元自要通儒一自梅花開了後長怕説賦歸歟　而今別恨滿江湖怎消除筭何如杖屨當時聞早放教疏今代故交新貴後渾不寄數行書

侍者請先生賦詞自壽

兩輪屋角走如梭太忙些些怎禁他擬倩何人天上勸羲娥何似從容來少住傾美酒聽高歌　人生今古不消磨積教多似塵沙未必堅牢剗地事堪嗟莫道長生學不得學得後待如何

和李膩伯韻呈趙晉臣

五雲高處望西清玉階升棣華榮築屋溪頭樓觀畫難成長夜笙歌還起問誰夜月又西沈　家傳鴻寶舊知名看長生奉嚴

宸且把風流水北畫者英咫尺西風詩酒

社石鼎句要彌明

青玉案

元夕

東風夜放花千樹更吹落星如雨寶馬雕

車香滿路鳳簫聲動玉壺光轉一夜魚龍

舞蛾兒雪柳黃金縷笑語盈盈暗香去

衆裏尋他千百度驀然迴首那人卻在燈

火闌珊處

感皇恩

滁州壽范倅

春事到清明，十分花柳，唤得笙歌勸君酒。酒如春好，春色年年依舊。青春元不老，君知否。

席上看君，竹清松瘦。待與青春鬬長久。三山歸路，明日天香襟袖。更持金盞起，為君壽。

又

七十古來稀，人人都道。不是陰功怎生到。

松姿雖瘦，偏耐雪寒霜曉。看君雙鬢底青青好。樓雪初晴，庭闈嬉笑，一醉何妨玉壷倒。從今康健，不用靈丹僊草。更看一百歲人難老。

慶嬸母王恭人七十

七十古來稀，未為希有，須是榮華更長久。滿床靴笏，羅列兒孫新婦。精神渾似箇，西王母。遙想畫堂，兩行紅袖，妙舞清歌擁前後。大男小女，逐箇出來為壽。一箇一百

歲一杯酒

讀莊子聞朱晦菴即世

按上數編書非莊即老會說忘言始知道萬言千句不自能忘堪笑今朝梅雨霽青天好　一壑一丘輕衫短帽白髮多時故人少子雲何在應有玄經遺草江河流日夜何時了

壽鉛山陳丞及之

富貴不須論公應自有且把新詞祝公壽

當年儕桂父子同攀希有人言金殿上他年文 冠冕在前周公拜手同日催班魯公後此時人羨綠鬢朱顏依舊親朋來賀喜休辭酒

行香子

三山作

好雨當春要趁歸耕況而今已是清明小窗坐地側聽簷聲恨夜來風夜來月夜來雲 花絮飄零鶯燕丁寧怕妨儂湖上閑

行天心肯後費甚心情放霎時陰霎時雨霎時晴

山屋客至

白露園蔬碧水溪魚笈先生鈎羅還鋤小窗高臥風展殘書看北山移盤谷序輞川圖　白飯青芻赤脚長鬚客來時酒盡重沽聽風聽雨吾愛吾廬嘆苦無心剛自瘦此君蹤

傅山戲呈趙昌甫林仲山

少日嘗聞富不如貧貴不如賤者長存由來至樂總屬閑人且飲瓢泉弄秋水看停雲歲晚情親老語彌真記前時勸我殷勤都休殢酒也莫論文把相牛經種魚法教兒孫

雲巖道中

雲岫如簪野漲挼藍向春闌綠醒紅酣青裙縞袂兩兩三三把麴生禪玉版局一時參　拄杖彎環過眼嶔巖岸輕烏白髮鬖

鬖他年來、種萬桂千杉聽小綿蠻新橋磔
舊泥喃

一翦梅

游蔣山呈葉丞相

獨立蒼茫醉不歸日暮天寒歸去来兮探梅踏雪幾何時今我来思楊柳依依白石岡頭曲岸西一片閑愁芳草萋萋多情山鳥不須啼桃李無言下自成蹊

中秋無月

憶對中秋丹桂叢花在杯中月在杯中今宵樓上一樽同雲濕紗窗雨濕紗窗　渾欲乘風問化工路也難通信也難通滿堂惟有燭花紅杯且從容歌且從容

踏莎行

庚戌中秋後二日帶湖篆岡小酌

夜月樓臺秋香院宇笑吟吟地人來去是誰秋到便凄涼當年宋玉悲如許　隨分杯盤等閑歌舞問他有甚堪悲處思量却

也有悲時重陽節近多風雨

賦木犀

弄影闌干吹香嵓谷枝枝點點黃金粟未
堪収拾付熏爐窗前且把離騷讀　奴僕
葵花兒曹金菊一秋風露清涼足傍邊只
欠箇姮娥分明身在蟾宮宿

賦稼軒集經句

進退存亡行藏用舍小人請學樊須稼衡
門之下可棲遲日之夕矣牛羊下　去衛

靈公遣桓司馬東西南北之人也長沮桀
溺耦而耕丘何為是栖栖者

和趙國興知録韻

吾道悠悠憂心悄悄最無聊㕓秋光到西
風林外有啼鴂斜陽山下多衰草長憶
商山當年四老塵埃也走咸陽道為誰書
到便幡然至今此意無人曉

稼軒長短句卷之七

稼軒長短句卷之八

定風波

少日春懷似酒濃插花走馬醉千鍾老去逢春如病酒唯有茶甌香篆小簾櫳　卷盡殘花風未定休恨花開元自要春風試問春歸誰淂見飛燕來時相遇夕陽中

大醉歸自葛園家人有痛飲之戒故書于壁

昨夜山翁倒載歸兒童應笑醉如泥試與

扶頭渾未醒，休問夢䰟猶在葛家溪。欲覓醉鄉今古路，知處溫柔東畔白雲西。起向綠窗高處看，題徧劉伶元自有賢妻。

用藥名招婺源馬荀仲游雨嵓

馬善醫

山路風來草木香，雨餘涼意到胡床。泉石膏肓吾已甚，多病隄防風月費篇章。孫負尋常山簡醉，獨自故應知子草玄忙。湖海早知身汗漫，誰伴只甘松竹共淒涼。

藥名

仄月高寒水石鄉倚空青碧對禪房白髮自憐心似鐵風月使君子細與平章 平昔生涯笻竹杖來往卻慙沙鳥笑人忙便好賸留黃絹句誰賦銀鉤小草晚天涼

施樞密聖與席上賦

春到蓬壺特地晴神僊隊裏相公行翠玉相挨呼小字須記笑簪花底是飛瓊 想是傾城來一處誰妬誰攜歌舞到園亭柳

妬腰肢花妬艷聽看濕鶯直是妬歌聲

席上送范先之遊建鄴

聽我尊前醉後歌人生無奈別離何但使情親千里近須信無情對面是山河　寄語石頭城下水居士而今渾不怕風波借使未成鷗鳥伴經慣也應學得老漁簑

三山送盧國華提刑約上元重来

大目猶堪話別離老来怕作送行詩極目

南雲無鴈過，君看梅花也解寄相思　無
限江山行未了父母不須和淚看旌旗後
會丁寧何日是須記春風十里放燈時

用韻時國華置酒歌舞甚盛

莫望中州嘆黍離元和聖德要君詩老去
不堪誰似我歸卧青山活計費尋思　誰
築詩壇高十丈直上看君斬將更搴旗歌
舞正濃還有語記取鬚髯不似少年時

自和

金印纍纍佩陸離河梁更賦斷腸詩莫擁旌旗真箇去何處玉堂元自要論思　且約風流三學士同醉春風看試幾槍旗泛此酒酣明月夜耳熱那邊應是說儂時

賦杜鵑花

百紫千紅過了春杜鵑聲苦不堪聞却解啼殺春小住風雨空山招得海棠魂　恰似蜀宮當日女無數猩猩血染赭羅巾畢竟花開誰作主記取大都花屬惜花人

再用韻和趙晉臣敷文

野草閑花不當春杜鵑却是舊知聞謾道不如歸去住梅雨石榴花又是離魂　前殿羣臣深殿女赭袍一點萬紅巾莫問興亡今幾主聽取花前毛羽已羞人

破陣子

爲范南伯壽時南伯爲張南軒辟宰盧溪南伯遲遲未行因作此詞勉之

擲地劉郎玉斗挂帆西子扁舟千古風流
今在此萬里功名莫放休君王三百州
燕雀豈知鴻鵠貂蟬元出兜鍪却笑盧溪
如斗大肯把牛刀試手不壽君雙玉甌

為陳同甫賦壯詞以寄之

醉裏挑燈看劍夢回吹角連營八百里分
麾下炙五十絃翻塞外聲沙場秋點兵
馬作的盧飛快弓如霹靂弦驚了却
君王天下事贏得生前身後名可憐白髮

生

贈行

少日春風滿眼而今秋葉辭柯便好消磨心下事也憶尋常醉後歌新來白髮多明日扶頭顛倒倩誰伴舞婆娑我定思君拚瘦損君不思兮可奈何天寒將息呵

趙晉臣敷文幼女縣主覓詞

菩薩叢中惠眼碩人詩裏娥眉天上人間眞福相畫就描成好靨兒行時嬌更遲

勸酒偏他最劣笑時猶有些癡更着十年
君看取兩國夫人更是誰殷勤秋水詞

峽石道中有懷吴子似縣尉

宿麥畦中雉鷕柔桑陌上蠶生騎火須防
花月暗玉唾長携綵筆行隔牆人笑聲
莫說弓刀事業依然詩酒功名千載圖中
今古事萬石溪頭長短亭小塘風浪平時脩
圖經築亭堠

臨江僊

探梅

老去惜花心已懶愛梅猶遶江村一枝先破玉溪春更無花態度全是雪精神　賸向空山餐秀色爲渠着句清新竹根流水帶溪雲醉中渾不記歸路月黄昏

醉宿崇福寺寄祐之弟祐之以僕醉先歸

莫向空山吹玉笛壯懷酒醒心驚四更霜月太寒生被翻紅錦浪酒滿玉壺冰　小

陸未須臨水笑山林我輩鍾情今宵依舊
醉中行試尋殘菊處中路候淵明

再用韻送祐之弟歸浮梁

鍾鼎山林都是夢人間寵辱休驚只消閑
處過平生酒盃秋吸露詩句夜裁冰記
取小窗風雨夜對牀燈火多情問誰千里
伴君行曉山眉樣翠秋水鏡般明

又

小靨人憐都惡瘦曲眉天與長顰沉思歡

事惜腰身枕添離別淚粉落却深勻　翠
袖盈盈渾力薄玉箋嫋嫋愁新夕陽依舊
倚曲塵葉紅苔欝碧深院斷無人

又

逗曉鶯啼聲睍睆掩關高樹冥冥小集春
浪細無聲井床聽夜雨出蘚轆轤青　碧
草旋荒金谷路烏絲重記蘭亭猶挾殘醉
遶雲屏一枝風露濕花重入踈穩

即席和韓南澗韻

風雨催春寒食近平原一片丹青溪頭嗄渡柳邊行花飛胡蝶亂桑嫩野蠶生　綠野先生閑袖手却尋詩酒功名未知明日定陰晴今宵成獨醉却笑衆人醒

為岳母壽

住世都知菩薩行傑家風骨精神壽如山岳福如雲金花湯沐誥竹馬綺羅羣　更願升平添喜事大家禱祝殷勤明年此地慶佳辰一杯千歲酒重拜太夫人

和信守王道夫韻謝其為壽時

僕作閩憲

記取年年為壽處只今明月相隨莫教絃
管便生衣引壺觴自酌須富貴何時入
手清風詞更好細書白疊烏絲海山問我
幾時歸來瓜如可啖直欲覓安期

又

春色饒君白髮了不妨倚綠偎紅翠鬟催
喚出房櫳垂肩金縷窄醮甲寶杯濃　睡

三斗大

起鴛鴦飛燕子門前沙暖泥融畫樓人把
玉西東舞低花外月唱澈柳邊風

又

金谷無煙宮樹綠嫩寒生怕春風博山微
透暖薰籠小樓春色裏幽夢雨聲中別
浦鯉魚何日到錦書封恨重重海棠花下
去年逢也應隨分瘦忍淚覓殘紅

戲爲期思詹老壽

手種門前烏桕樹而今千尺蒼蒼田園只

是舊耕桑盃盤風月夜簫鼓子孫忙七
十五年無事客不妨兩鬢如霜綠窗劃地
調紅粧更從今日醉三萬六千場

又

手撚黃花無意緒等閑行盡回廊卷簾芳
桂散餘香枯荷難睡鴨跡雨晴池塘憶
得舊時携手處如今水遠山長羅巾浥淚
別殘粧舊歡新夢裏閑處却思量

和葉仲洽賦羊桃

憶醉三山芳樹下幾曾風韻忘懷黃金顏色五花開味如盧橘熟貴似荔枝來　聞道商山餘四老橘中自釀秋醅試呼名品細推排重重香肺腑偏滯聖賢杯

又

冷雁寒雲渠有根春風自滿余懷更教無日不花開未須愁菊盡相次有梅來　多病近來渾止酒小槽空壓新醅青山却自要安排不須連日醉且進兩三杯

侍者阿錢將行賦錢字以贈之

一自濃情詩興懶，舞裙歌扇闌珊。好天良夜月團團，杜陵真好事，留得一錢看。　歲晚人歎程不識，怎教阿堵留連。楊花榆莢雪漫天，從今花影下，只看綠苔圓。

諸葛元亮席上見和再用韻

蚊語南堂新乍響，三更急雨珊珊。夜情莫作碎沙團，死生貧富際，試向此中看。　記取他年著舊傳，與君名字牽連。清風一枕

晚涼天覺來還自笑此夢倩誰圓

壬戌歲生日書懷

六十三年無限事從頭悔恨難追已知六十二年非只應今日是後日又尋思 少是多非惟有酒何須過後方知從今休似去年時病中留客飲醉裏和人詩

窄樣金杯教換了房櫳試聽珊珊莫教秋扇雪團團古今悲笑事長付後人看 記取桔槔春雨後短畦菊艾相連拙於人處

巧於天君看漆地水難得正方圓右再用圓字韻

戲為山園蒼壁解嘲

莫笑吾家蒼壁小稜層勢欲摩空相知惟有主人翁有心雄泰華無意巧玲瓏　天作高山誰得料解嘲試倩楊雄君看當日仲尼窮從人賢子貢自欲學周公

簪花屢墮戲作

鼓子花開春爛熳荒園無限思量今朝柱杖過西鄉急呼桃葉渡為看牡丹忙　不

管昨宵風雨橫依然紅紫成行白頭陪奉少年場一枝簪不住推道帽簷長

又

醉帽吟鞭花不住却招花共商量人生何必醉為鄉從教斟酒淺休更和詩忙一斗百篇風月地饒他老子當行從今三萬六千場青青頭上髮還作柳絲長

昨日得家報牡丹漸開連日少

雨多晴常年未有儻留龍安著

寺諸君亦不果來豈牡丹留不
住爲可恨邪因取來韻爲牡丹
下一轉語
秖恐牡丹留不住與春約束分明未開微
雨半開晴要花開定準又更與花盟　魏
紫朝來將進酒玉盤盂樣先呈鞓紅似向
舞腰橫風流人不見錦繡夜間行
又
老去渾身無著處天教只住山林百年光

景百年心更歡須歎息無病也呻吟　試
向浮瓜沈李處清風散髮披襟莫嫌淺後
更頻斟要他詩句好須是酒杯深

停雲偶作

偶向停雲堂上坐曉猿夜鶴驚猜主人何
事太塵埃低頭還說向被君又還來　多
謝北山山下老殷勤一語佳哉借君竹杖
與芒鞋徑須從此去深入白雲堆

蝶戀花

和趙景明知縣韻

老去怕尋年少伴畫棟朱簾風月無人管公子看花朱碧亂新詞攪斷相思怨涼夜愁腸千百轉一鴈西風錦字何時遣畢竟啼鳥才思短嗅回曉夢天涯遠

和楊濟翁韻首句用丘宗卿書中語

點檢笙歌多釀酒胡蝶西園暖日明花柳醉倒東風眠畫錦覺來小院重携手 可

惜春殘風又雨收拾情懷閑把詩僝僽楊柳見人離別後腰肢近日和他瘦

送楊濟翁韻錢范南伯知縣歸

京口

淚眼送君傾似雨不折垂楊只倩愁隨去有底風光留不住烟波萬頃春江艣　老馬臨流癡不渡應惜障泥忘了尋春路身在稼軒安穩處書來不用多行數

席上贈楊濟翁侍兒

小小年華才月半，羅幕春風，幸自無人見。剛道羞郎低粉面，傍人瞥見回嬌盼。昨夜西池陪女伴，柳困花慵，見說歸來晚。勸客持觴渾未慣，未歌先覺花枝顫。

用趙文鼎提舉送李正之提刑韻送鄭元英

莫向樓頭聽漏點，說與行人，默默情千萬。總是離愁無近遠，人間兒女空恩怨。錦繡心胸冰雪面，舊日詩名，曾道空梁燕。顧

盞未償平日願一杯早唱陽關勸

客有燕語鶯啼人乍遠之句用

為首句

燕語鶯啼人乍遠却恨西園依舊鶯和燕

笑語十分愁一半翠圍特地春光暖只

道書來無過雁不道柔腸近日無腸斷柄

玉莫搖湘淚點怕君嗄作秋風扇

送祐之弟

衰草斜陽三萬頃不算飄零天外孤鴻影

幾許凄涼須痛飲行人自向江頭醒　會少離多看兩鬢萬縷千絲何況新來病不是離愁難頓整被他引惹其他恨

元日立春

誰向椒盤簪綵勝整整韶華爭上春風鬢　往日不堪重記省為花長把新春恨　春未来時先借問晚恨開遲早又飄零近今歲花期消息定只愁風雨無憑準

月下醉書雨巖石浪

九畹芳菲蘭佩好空谷無人自怨蛾眉巧
寶瑟泠泠千古調朱絲絃斷知音少 冉
冉年華吾自老水滿汀洲何處尋芳草喚
起湘纍歌未了石龍舞罷松風曉

用前韻送人行

意態憨生元自好學畫鴉兒舊日偏他巧
蜂蝶不禁花引調西園人去春風少 春
已無情秋又老誰管閑愁千里青青草今
夜倩簪黃菊了斷腸明日霜天曉

又

洗盡機心隨法喜看取尊前秋思如春意

誰與先生寬髮齒醉時唯有歌而已　歲

月何須溪上記千古黄花自有淵明比高

卧石龍呼不起微風不動天如醉

又

何物能令公怒喜山要人來人要山無意

恰似哀箏絃下齒千情萬意無時已　自

要溪堂韓作記今代機雲好語花難比老

眼狂花空處起銀鈎未見心先醉

小重山

席上和人韻送李子永提幹

旋製離歌唱未成陽關先畫出柳邊亭中年懷抱管絃聲難忘處風月此時情　夜雨共誰聽儘教清夢去兩三程商量詩價重連城相如老漢殿舊知名

三山與客泛西湖

綠漲連雲翠拂空十分風月處着衰翁垂

楊影斷岸西東　君恩重教且種夫容
十里水晶宮有時騎馬去笑兒童殷勤却
謝打頭風舡兒住且醉浪花中

末利

倩得薰風染綠衣國香收不起透冰肌略
開些箇未多時囱兒外却早被人知越
惜越嬌癡一枝雲鬢上那人宜莫將他去
比荼蘼分明是他更韻些兒

南鄉子

隔戶語春鶯纔掛羅簾兒歛袂行漸見凌波羅襪步盈盈隨笑隨顰百媚生 着意聽新聲盡是司空自敎成今夜酒腸難道窄多情莫放紗籠蠟炬明

舟行記夢

欹枕艣聲邊貪聽咿啞聒醉眠夢裏笙歌花底去依然翠袖盈盈在眼前 別後兩眉尖欲說還休夢已闌只記埋冤前夜月相看不管人愁獨自圓

慶前岡周氏旌表

無處着風光天上飛來詔十行父老懽呼童穉舞前岡千載周家孝義鄉　草木盡芬芳更覺溪頭水也香我道烏頭門側畔諸郎準備他年晝錦堂

送趙國宜赴高安戶曹 趙乃茂嘉郎中之子茂嘉嘗為高安幕官題詩甚多

日日老萊衣更解風流蠟鳳嬉膝上放教文度去須知要使人看玉樹枝　剩記乃

翁詩綠水紅蓮覓舊題歸騎春衫花滿路
相期來歲流觴曲水時
登京口北固亭有懷
何處望神州滿眼風光北固樓千古興亡
多少事悠悠不盡長江衮衮流　年少萬
兜鍪坐斷東南戰未休天下英雄誰敵手
曹劉生子當如孫仲謀
稼軒長短句卷之八

稼軒長短句卷之九

鷓鴣天

離豫章別司馬漢章大監

聚散怱怱不偶然二年歷遍楚山川但將痛飲醻風月莫放離歌入管絃　縈綠帶點青錢東湖春水碧連天明朝放我東歸去後夜相思月滿船

和張子志提舉

別恨粧成白髮新空教兒女笑陳人醉尋

夜雨旗亭酒夢斷東風輦路塵　騎騄駬
籋青雲看公冠佩玉階春忠言句句唐虞
際便是人間要路津

又

樓姐風流有幾人當年未遇已心親金陵
種柳歡娛地庾嶺逢梅寂寞濵　鐏似海
筆如神故人南北一般春玉人好把梳粧
樣淡畫眉兒淺注唇

代人賦

晚日寒鴉一片愁柳塘新綠却溫柔若教眼底無離恨不信人間有白頭 腸已斷淚難收相思重上小紅樓情知已被山遮斷頻倚闌干不自由

又

陌上柔桑破嫩芽東鄰蠶種已生些平岡細草鳴黄犢斜日寒林點暮鴉 山遠近路橫斜青旗沽酒有人家城中桃李愁風雨春在溪頭薺菜花

又

撲面征塵去路遙香篝漸覺水沉銷山無重數週遭碧花不知名分外嬌 人歷歷馬蕭蕭旗旌又過小紅橋愁邊剩有相思句搖斷吟鞭碧玉梢

又

唱徹陽關淚未乾功名餘事且加餐浮天水送無窮樹帶雨雲埋一半山 今古恨幾千般只應離合是悲歡江頭未是風波

惡別有人間行路難

鵝湖道中

一榻清風殿影涼涓涓流水響回廊千章雲木鈎輈叫十里溪風䆉稏香　衝急雨趁斜陽山園細路轉微茫倦途却被行人笑只為林泉有底忙

鵝湖歸病起作

枕簟溪堂冷欲秋斷雲依水晚來收紅蓮相倚渾如醉白鳥無言定自愁　書咄咄

且休休一丘一壑也風流不知筋力衰多
少但覺新来懶上樓
又
指點齋罇特地開風帆莫引酒船回方驚
共折津頭柳却喜重尋嶺上梅 催月上
唤風来莫愁鉼罄耻金罍只愁畫角樓頭
起急管哀絃次第催
又
看意尋春懶便回何如信步兩三杯山繞

好處行還倦詩未成時雨早去聲催　攜竹杖更芒鞋朱朱粉粉野蒿開誰家寒食歸寧女笑語柔桑陌上來

又

翠木千尋上薜蘿東湖經雨又增波只因買得青山好却恨歸來白髮多　明畫燭洗金荷主人起舞客齊歌醉中只恨歡娛少無奈明朝酒醒何

又

困不成眠奈夜何情知歸未轉愁多暗將往事思量遍誰把多情惱亂他　些底事誤人哪不成真箇不思家嬌癡却妬香香腄喚起醒鬆說夢些

鄭守厚卿席上謝余伯山用其韻

夢斷京華故倦游只今芳草替人愁陽關莫作三疊唱越女應須為我留　看逸韻自名流青衫司馬且江州君家兄弟真堪

笑箇箇能修五鳳樓

和人韻有所贈

趂渴春風汗漫游見他歌後怎生愁事如芳草春長在人似浮雲影不留　眉黛斂眼波流十年薄倖謾揚州明朝短棹輕衫夢只在溪南罨畫樓

徐衡仲撫幹惠琴不受

千丈陰崖百丈溪孤桐枝上鳳偏宜玉香落落雖難合横理庚庚定自奇山谷聽摘阮[illegible]云立

壁庚庚有横理人散後月明時試彈幽憤淚空垂不如卻付騷人手留和南風解愠詩

用前韻和趙文鼎提舉賦雪

莫上扁舟訪剡溪淺斟低唱正相宜從教犬吠千家白且與梅成一段奇　香暖處酒醒時畫簷玉筯已偷垂笑君解釋春風恨倩拂蠻牋只費詩

重九席上

戲馬臺前秋鴈飛管絃歌舞更旌旗要知

黄菊清高處不入當年二謝詩　傾白酒遶東籬只於陶令有心期明朝九日渾蕭灑莫使樽前欠一枝

又

有甚閑愁可皺眉老懷無緒自傷悲百年旋逐花陰轉萬事長看鬢髮知　溪上枕竹間棋怕尋酒伴懶吟詩十分筋力誇強健只比年時病起時

送范先之秋試

白苧千袍入嫩涼春蠶食葉響迴迴郎禹門
已準桃花浪月殿先收桂子香　鵬北海
鳳朝陽又攜書劍路茫茫明年此日青雲
上却笑人間舉子忙

又

一夜清霜變鬢絲怕愁剛把酒禁持玉人
今夜相思不想見頓將翠枕移　真箇恨
未多時也應香雪減些些兒菱花照面須頻
記曾道偏宜淺畫眉

送歐陽國瑞入吳中

莫避春陰上馬遲春来未有不陰時人情展轉閑中看客路崎嶇倦後知　梅似雪柳如絲試聽别語慰相思短蓬吹飯鱸魚熟除却松江枉費詩

又

木落山高一夜霜北風驅鴈又離行無言每覺情懷好不飲能令興味長　頻聚散試思量為誰春草夢池塘中年長作東山

恨莫遣離歌苦斷腸

席上再用韻

水底明霞十頃光天敎鋪錦襯鴛鴦最憐楊柳如張緒却笑蓮花似六郎　方竹簟小胡床晚來消得許多凉背人白鳥都飛去落日殘鴉更斷腸

石門道中

山上飛泉萬斛珠懸崖千丈落鼪鼯已通樵逕行還礙似有人聲聽却無　閑略彴

遠浮屠溪南脩竹有茅廬莫攜杖屢頻來往山地偏宜着老夫

敗棋罰賦梅雨

漠漠輕陰撥不開江南細雨熟黃梅有情無意東邊日已怒重驚忽地雷 雲柱礎水樓臺羅衣費盡博山爐當時一識和羹味便道爲霖消息來

黃沙道中即事

句裏春風正剪裁溪山一片畫圖開輕鷗

自趁虚船去荒犬還迎野婦回　松共竹
翠成堆要攀殘雪鬪疎梅乱鴉畢竟無寸
思盼把瓊瑤蹴下來

元溪不見梅

千丈冰溪百步雷柴門却向水邊開乱雲
賸斧炊烟去野水閑將日影來　穿窈窕
過崖嵬東林試問幾時栽動搖意態雖多
竹點綴風流却欠梅

戲題村舍

雞鴨成群晚未收桑麻長過屋山頭有何
不可吾方羨要底都無飽便休　新柳樹
舊沙洲去年溪打那邊流自言此地生兒
女不嫁余家即聘周

春日即事題毛村酒壚

春日平原薺菜花新耕雨後落群鴉多情
白髮春無奈晚日青帘酒易賒　閑意態
細生涯牛欄西畔有桑麻青裙縞袂誰家
女去趁蠶生看外家

睡起即事

水荇參差動綠波一池虵影噤群蛙因風野鶴飢猶舞積雨山梔病不花名利塲戰爭多門前蛮觸日干戈不知更有槐安國夢覺南柯日未斜

又

石壁盧雲積漸高溪聲遶屋幾週遭自從一雨花零落却愛微風草動搖　呼玉友鷺溪毛殼動野老苦相邀杖藜忽避行人

去認是翁来却過橋

送元濟之歸豫章

欹枕婆娑兩鬢霜起聽簷溜碎喧江那邊玉筯銷啼粉這裏車輪轉別腸　詩酒社水雲鄉可堪醉墨幾淋浪畫圖恰似歸家夢千里河山寸許長

尋菊花無有戲作

掩鼻人間臭腐場古来惟有酒偏香自從来住雲煙畔直到而今歌舞忙　呼老伴

共秋光黄花何處避重陽要知爛熳開時
節直待西風一夜霜
席上吴子似諸友見和再用韻
荅之
翰墨諸公久擅場胷中書傳許多香都無
絲竹銜杯樂却看龍蛇落筆忙　閑意思
老風光酒徒今有幾高陽黄花不怯西風
冷只怕詩人兩鬢霜
又

自古高人最可嗟只因踈懶取名多居山
一似庚桑楚種樹真成郭橐駝　雲子飯
水精瓜林間携客更烹茶君歸休笑吾忙
甚要看蜂兒晚趂衙

三山道中

抛却山中詩酒窠却來官府聽笙歌閑愁
做弄天来大白髮栽埋日許多　新劍戟
舊風波天生予懶奈予何此身已覺渾無
事却教兒童莫恁麽

又

點盡蒼苔色欲空竹籬茅舍要詩翁花餘

歌舞讙娛外詩在經營慘澹中 聽軟語

笑襄容一枝斜墜翠鬟鬆淺顰深笑誰堪

醉看取蕭然林下風

用前韻賦梅二山梅開時猶有

青葉余時病齒

病繞梅花酒不空齒牙牢在莫欺翁恨無

飛雪青松畔卻放疎花翠葉中 冰作骨

玉為容常年宫額鬢雲鬆直須爛醉燒銀燭横笛難堪一再風

又

桃李漫山過眼空也曾惱損杜陵翁若將玉骨冰姿比李蔡爲人在下中　尋驛使寄芳容隴頭休放馬蹄鬆吾家籬落黄昏後剩有西湖處士風

有感

出處從來自不齊後車方載太公歸誰知

寂寞空山裏却有高人賦采薇 黄菊嫩晚香枝一般同是採花時蜂兒辛苦多官府胡蝶花間自在飛

讀淵明詩不能去手戲作小詞以送之

晚歲躬耕不怨貧隻雞斗酒聚比隣都無晋宋之間事自是羲皇以上人 千載後百篇存更無一字不清真若教王謝諸郎在未抵柴桑陌上塵

又

髮底青青無限春。落紅飛盡謾紛紛。黃花也伴秋光老，何似尊前見在身。　書萬卷，筆如神。眼看同輩上青雲。箇中不許兒童會，只恐功名更逼人。

戊午拜復職奉祠之命

老退何曾說著官。今朝放罪上恩寬。便支香火真祠俸，更綴文書舊綴班。　扶病腳，洗衰顔。快從老病借衣冠。此身忘世渾容

易使世相忘却自難

和趙晉臣敷文韻

綠鬢都無白髮侵醉時拈筆越精神愛將蕪語追前事更把梅花比那人 回急雪遏行雲近時歌舞舊時情君侯要識誰輕重看取金杯幾許深

和傅先之提舉賦雪

泉上長吟我獨清喜君來共雪爭明已驚並水鷗無色更怯行沙蟹有聲 添爽氣

動雄情奇因亦出 憶陳平却嬈鳥雀投林

七觸破當樓雲母屏

博山寺作

不向長安路上行却教山寺厭逢迎味無

味處求吾樂材不材間過此生 寧作我

豈其卿人間走遍却歸耕一松一竹真朋

友山鳥山花好弟兄

不寐

老病那堪歲月侵霎時光景直千金一生

不負溪山債　百藥難治書史淫　隨巧拙
任浮沉人無同處面　如心不妨舊事從頭
記要寫行藏入笑林

有客慨然談功名因追念少年
時事戲作

壯歲旌旗擁萬夫錦襜突騎渡江初燕兵
夜娖　側角切　銀胡䩮漢箭朝飛金僕姑
追往事歎今吾春風不染白髭鬚却將萬
字平戎策換得東家種樹書

祝良顯家牡丹一本百朶

占斷雕欄只一株春風費盡幾工夫天香夜染衣猶濕國色朝酣酒未蘇嬌欲語巧相扶不妨老幹自扶疎恰如翠幙高堂上來看紅衩百子圖

賦牡丹主人以誇花索賦解嘲

翠蓋牙籤幾百株楊家姊妹夜游初五花結隊香如霧一朶傾城醉未蘇閑小立困相扶夜來風雨有情無愁紅慘緑今宵

看却似吳宮教陣圖

再賦

濃紫深黄一畫圖中間更有玉盤盂先裁翡翠裝成蓋更點胭脂染透酥香瀲灔錦模糊主人長得醉工夫莫携弄玉欄邊去羞得花枝一朵無

又

去歲君家把酒杯雪中曾見牡丹開而今紈扇薰風裏又見踈枝月下梅　歡幾許

醉方回明朝歸路有人催低聲待向他家
道帶得歌聲滿耳来

壽吳子似縣尉時攝事城中

上巳風光好放懷故人猶未看花回茂林
映帶誰家竹曲水流傳第幾杯　摛錦繡
寫瓊瑰長年富貴屬多才要知此日生男
好曾宥周公祓禊来

寄葉仲洽

是處移花是處開古今興廢幾池臺皆人

翠羽偷魚去抱蘂黃鬚趁蝶來　掀老甕

撥新醅客來且盡兩三杯日高盤饌供何

晚市遠魚鮭買未回

登一丘一壑偶成

莫殢春光花下遊便須準備落花愁百年

雨打風吹卻萬事三平二滿休　將擾擾

付悠悠此生於世百無憂新愁次第相拋

舍要伴春歸天盡頭

和吳子似山行韻

誰共春光管日華　朱朱粉粉野蒿花閑愁

投老無多子病酒而今較減些　山遠近

路橫斜正無聊處管絃譁去年醉處猶能

記細數溪邊第幾家

過峽石用韻答吳子似

嘆息頻年廩未高新詞空賀此丘遭遙知

醉帽時時落見說吟鞭步步搖　乾玉唾

禿錐毛只今明月費招邀最憐烏鵲南飛

句不解風流見二喬

吴子似過秋水

秋水長廊水石間有誰來共聽潺潺羨君人物東西晉分我詩名大小山　窮自樂晚方閑人間路窄酒杯寬看君不了癡兒事又似風流靖長官

和章泉趙昌父

萬事紛紛一笑中淵明把菊對秋風細看奕氣今猶在惟有南山一似翁　情味好語言工三賢高會古來同誰知止酒停雲

老獨立斜陽外過鴻

瑞鷓鴣

京口有懷山中故人

暮年不賦短長詞，和得淵明數首詩。君自不歸歸甚易，今猶未足足何時。偷山定向山中老，此意須教鶴輩知。聞道只今秋水上，故人曾榜北山移。

京口病中起登連滄觀偶成

聲名少日畏人知，老去行藏與願違。山草

舊曾吟遠志，故人今又寄當歸。何人可覓安心法，有客來觀杜德機。却笑使君那得似，清江萬頃白鷗飛。

又

膠膠擾擾幾時休，一出山來不自由。秋水觀中山月夜，停雲堂下菊花秋。隨緣道理應須會，過分功名莫強求。先試自一身愁不了，那堪愁上更添愁。

乙丑奉祠歸舟次餘干賦

江頭日日打頭風憔悴歸來邴曼容鄭賈正應求死鼠葉公豈是好真龍 孰居無事陪犀首未辦求封遇萬松却笑千年曹孟德夢中相對也龍鍾

又

期思溪上日千回樟木橋邊酒如杯人影不隨流水去醉顔重帶少年來 疎蟬響澁林逾靜冷蝶飛輕菊半開不是長卿終慢世只緣多病又非才

稼軒長短句卷之十

玉樓春

席上贈别上饒黄倅（巃嵸雨巖堂名通判雨當時民謡吏垂頭亦渠攝郡時事）

往年巃嵸堂前路，路上人誇通判雨。去年拄杖過瓢泉，縣吏垂頭民歎語。　學窺聖處文章古，清到窮時風味苦。尊前老淚不成行，明日送君天上去。

效白樂天體

少年才把笙歌盞夏日非長秋夜短因他
老病不相饒把好心情都做懶　故人別
後書來勸乍可停杯強喫飯云何相見酒
邊時却道達人須飲滿

用韻荅葉仲洽

狂歌擊碎村醪盞欲舞還憐衫袖短心如
溪上釣磯閑身似道旁官堠懶　山中有
酒提壺勸好語憐君堪鮓飯至今有句落
人間渭水秋風黃葉滿諺云饞如雞子懶如堠子

用韻答吳子似縣尉

君如九醞臺粘醆，我似茅柴風味短。幾時秋水美人來，長恐扁舟乘興嬾。高懷自飲無人勸，馬有青芻奴白飯。向來珠履玉簪人，頗覺斗量車載滿。

客有遊山者，忘攜具，而以詞來索酒，用韻以答。余時以病不往

山行日日妨風雨，風雨晴時君不去。墻頭塵滿短轅車，門外人行芳草路。城南東

野應聯句好記琅玕題字處也應竹裏着
衙廚已向甕間防吏部

再和

人間反覆成雲雨鳧鴈江湖來又去十千
一斗飲中僊一百八盤天上路　舊時楓
落吳江句今日錦囊無着處看封關外水
雲侯剩按山中詩酒部

戲賦雲山

何人半夜推山去四面浮雲猜是汝常時

相對兩三峰走徧溪頭無覓處　西風暫
起雲橫度忽見東南天一柱老僧拍手笑
相夸且喜青山依舊住

用韻答傅巖叟葉仲洽趙國興

青山不解乘雲去怕有愚公驚着汝人間
踏地出租錢借使移將無着處　三星昨
夜光移度妙語來題橋上柱黃花不插滿
頭歸定倩白雲遮且住

又

無心雲自來還去元共青山相爾汝霎時迎雨障崔嵬雨過却尋歸路處　侵天翠竹何曾度遙見屹然星砥柱今朝不管亂雲深來伴僊翁山下住

又

瘦筇倦作登高去却怕黄花相爾汝嶺頭拭目望龍安更在雲烟遮斷處　思量落帽人風度休說當年功紀柱謝公直是愛東山畢竟東山留不住

又

風前欲勸春光住春在城南芳草路未隨流落水邊花且作飄零泥上絮　鏡中已覺星星誤人不負春春自負夢回人遠許多愁只在梨花風雨處

又

三三兩兩誰家女聽取鳴禽枝上語提壺沽酒已多時婆餅焦時須早去　醉中忘却來時路借問行人家住處只尋古廟那

邊行更過溪南烏桕樹

寄題文山鄭元英巢經樓

悠悠莫向文山去要把襟裾牛馬汝遙知書帶草邊行正在雀羅門裏住　平生插架昌黎句不似拾柴東野苦侵天且擬鳳凰巢掃地從他鸜鵒舞

樂令謂衛玠人未嘗夢搗齏餐鐵杵乘車入鼠穴以謂世無是事故也余謂古無是事而有是理

樂所謂無猶云有也戲作數語
以明之

有無一理誰差別樂令區區猶未達事言無霧未嘗無試把所無憑理說　伯夷飢採西山巖何異搗虀餐杵鐵仲尼去衛又之陳此是乘車穿鼠穴

隱湖戲作

客來底事逢迎晚竹裏鳴禽尋未見日高猶苦聖賢中門外誰酣蠻觸戰　多方為

渴泉尋徧何日成陰松種滿不辭長向水雲來只怕頻頻魚鳥倦

有自九江以石中作觀音像持送者因以詞賦之

琵琶亭畔多芳草時對香爐峯一箋偶然重傍玉溪東不是白頭誰覺老　補陀大士神通妙影入石頭光了了肯來持獻可無言長似慈悲顏色好

乙丑泉口奉祠西歸將至儀徵

江頭一帶斜陽樹總是六朝人住處悠悠興廢不關心惟有沙洲雙白鷺 僊人磯下多風雨好卸征帆留不住直須抖擻盡塵埃却趁新涼秋水去

鵲橋僊

為人慶八十席上戲作

朱顏暈酒方瞳點漆閑傍松邊倚杖不須更展畫圖看自是箇壽星模樣 今朝盛事一杯深勸更把新詞齊唱人間八十最

風流長貼在兒兒額上　下兒字當作孫

和范先之送祐之弟歸浮梁

小窗風雨從今便憶中夜笑談清軟啼鴂裊柳自無聊更管得離人腸斷　詩書事業青氈猶在頭上貂蟬會見莫貪風月臥江湖道日近長安路遠

壽余伯熙察院

豸冠風采繡衣声價曾把經綸少試看看有詔日邊來便入侍明光殿裏　東君未

老花明耕媚且引玉舡沈醉好將三萬六千場自今日從頭數起

己酉山行書所見

松岡避暑茆簷避雨閑去閑來幾度醉扶怪石看飛泉又却是前回醒處　東家娶婦西家歸女燈火門前笑語釀成千頃稻花香夜夜費一天風露

慶岳母八十

八旬慶會人間盛事齊勸一杯春釀臙脂

小字點眉間猶記得舊時宮樣　綠衣吏
着功名富貴直過太公以上大家着意記
新詞遇看箇十年便唱

贈鷺鷥

溪邊白鷺來吾告汝溪裏魚兒堪數主人
憐汝汝憐魚要物我欣然一處　白沙遠
浦青泥別渚剩有鰕跳鰍舞聽君飛去飽
時來看頭上風吹一縷

席上和趙晉臣敷文

少年風月少年。歌舞老去方知堪羡嘆折腰五斗賦歸來問走了羊腸幾遍 高車駟馬金章紫綬傳語渠儂穩便問東湖帶得幾多春且看凌雲筆健

西江月

江行采石岸戲作漁父詞

千丈懸崖削翠一川落日鎔金白鷗來往本無心選甚風波一任 別浦魚肥堪鱠前村酒美重斟千年往事已沈沈閑管興

亡則甚

壽范南伯知縣

秀骨青松不老新詞玉佩相磨靈槎準擬
泛銀河剩摘天星幾箇（南伯去歲七月生子）奠枕樓
頭風月駐春亭上笙歌留君一醉意如何
金印明年斗大

和楊民瞻賦丹桂韻

宮粉厭塗嬌額濃粧要壓秋花西真人醉
憶僊家飛佩丹霞羽化　十里芬芳未足

一亭風露先加杏腮桃臉費鉛華終慣秋
蟾影下

癸丑正月四日自三山被召經從
建安席上和陳安行舍人韻

風月亭危致爽管絃聲脆休催主人只是
舊情懷錦瑟旁邊須醉　玉殿何須儂去
沙堤政要公來看看紅藥又勸階趂西
湖春會

用韻和李兼濟提舉

且對東君痛飲莫教華髮空催瓊瑰千字
已盈懷消得津頭一醉
休唱陽關別去只今鳳詔歸來五雲兩兩
望三台已覺精神聚會

三山作
貪數明朝重九不知過了中秋人生有得
許多愁只有黃花如舊　萬象亭中殢酒
九僊閣上扶頭城鴉喚我醉歸休細雨斜
風時候

夜行黃沙道中

明月別枝驚鵲清風半夜鳴蟬稻花香裏說豐年聽取蛙聲一片　七八箇星天外兩三點雨山前舊時茅店社林邊路轉溪橋忽見

春晚

賸欲讀書已嬾只因多病長閑聽風聽雨小窗眠過了春光太半　往事如尋去鳥清愁難解連環流鶯不肯入西園去喚畫

渠飛燕

木犀

金粟如來出世藥宅僊子乘風清香一袖意無窮洗盡塵緣千種　長為西風作主更居明月光中十分秋意與玲瓏拚却今宵無夢

壽祐之第時新居落成

畫棟新塈簾幕華燈未放笙歌一杯瀲灩泛金波先向太夫人賀　富貴吾應自有

功名不用渠多只將綠鬢抵羲娥金印須
教斗大

遣興

醉裏且貪歡笑要愁那得工夫近來始覺
古人書信着全無是處　昨夜松邊醉倒
問松我醉何如只疑松動要来扶以手推
松曰去

和趙晉臣敷文賦秋水瀑泉

八萬四千偈後更誰妙語披襟紉蘭結佩

有同心喚取詩翁來飲　鏤玉裁氷看句
高山流水知音胸中不受一塵侵却怕靈
均獨醒

悠然閣

一柱中擎遠碧兩峰旁聳高寒橫陳削就
短長山莫把一分增減　我望雲烟目斷
人言風景天慳被公詩筆盡追還重上層
梯一覽

示兒曹以家事付之

萬事雲烟忽過，百年蒲柳先衰，而今何事最相宜，宜醉宜遊宜睡。　早趁催科了納，更量出入收支，乃翁依舊管些兒，管竹管山管水。

又

粉面都成醉夢，霜髯能幾春秋，来時誦我伴牢愁，一見尊前似舊。　詩在陰何側畔，字居羅趙前頭，錦囊来往幾時休，已遣蛾眉等候。

朝中措

醉歸寄祐之弟

籃輿嫋嫋破重岡，玉笛兩紅粧。這裏都愁酒盡，那邊正和詩忙。　爲誰醉倒，爲誰歸去，都莫思量。白水東邊籬落，斜陽欲下牛羊。

又

緑萍池沼絮飛忙，花入蜜脾香。長怪春歸何處，誰知箇裏迷藏。　殘雲賸雨，些兒意思，直恁思量。不是流鶯驚覺，夢中㘈損紅

粧

又

夜深殘月過山房，睡覺北牕涼起遶中庭。獨步一天星斗文章 朝來客話山林鍾鼎那處難忘君向沙頭細問白鷗知我行藏

為人壽

年年黃菊灩秋風更有拒霜紅黃似舊時宮額紅如此日芳容 青青未老尊前要看兒輩平戎試釀西江為壽西江綠水無窮

又

年年金粟灑西風人與菊花同霜鬢經春

重綠儼姿不飲長紅　焚香度日儘從容

笺語調兒童一歲一杯爲壽從今更數千

鍾

九日小集時楊世長將赴南宮

年年團扇怨秋風愁絶寶杯空山下臥龍

手度臺前戲馬英雄　而今休也花殘一

似人老花同莫怪東籬韻减只今丹桂香

濃

清平樂

博山道中即事

桺邊飛鞚露濕征衣重宿鷺窺沙孤影動
應有魚鰕入夢一川明月踈星浣沙人
影娉婷笑背行人歸去門前稚子啼聲

又

茅簷低小溪上青青草醉裏吳音相媚好
白髮誰家翁媼　大兒鋤豆溪東中兒正
織雞籠最喜小兒亡賴溪頭看剝蓮蓬

獨宿博山王氏菴

遶床飢鼠蝙蝠翻燈舞屋上松風吹急雨破紙窗間自語　平生塞北江南歸來華髮蒼顏布被秋宵夢覺眼前萬里江山

檢校山園書所見

連雲松竹萬事從今足拄杖東家分社肉白酒床頭初熟　西風梨棗山園兒童偷把長竿莫遣旁人驚去老夫靜處閒看

又

斷崖松竹竹裏藏冰玉路轉清溪三百曲

香滿黃昏雪屋　行人繫馬踈籬折殘猶有高枝留得東風數點只緣嬌嫩春遲

　爲兒鐵柱作

靈皇醮罷福祿都来也試引鵷雛花樹下斷了驚驚怕怕　從今日日聰明更宜潭妹嵩兒看取辛家鐵柱無災無難公卿

　木犀

月明秋曉翠盖團團好碎翦黃金敎恁小都着葉兒遮了　打来休似年時小窗能

有高低無頪許多香處只消三兩枝兒

再賦

東園向曉陣陣西風好嗅起儞人金小小翠羽玲瓏裝了　一枚枕畔開時羅帳翠幙垂低恁地十分遮護打窻早有蜂兒

憶吴江賞木犀

少年痛飲憶向吴江醒明月團團高樹影十里水沈烟冷　大都一點宫黄人間直恁芬芳怕是秋天風露染教世界都香

壽信守王道夫

此身長健還却功名頭枉讀平生三萬卷

滿酌金杯聽勸　男兒玉帶金魚能消幾

許詩書料得今宵醉也兩行紅袖争扶

壽趙民則提刑時新除且素不

喜飲

詩書萬卷合上明光殿樓上文書看未遍

眉裏陰功早見　十分竹瘦松堅看君自

是長年若解尊前痛飲精神便是神僊

題上盧橋

清泉奔快不管青山礙十里盤盤平世界
更着溪山襟帶　古今陵谷茫茫市朝往
往耕桑此地居然形勝似曾小小興亡

又

清詞索笑莫厭銀杯小應是天孫新與巧
剪根裁愁句好　有人夢斷關河小窗日
飲亡何想見重簾不卷泪痕滴盡湘娥

呈趙昌甫時儀以病止酒昌甫

作詩數篇未及之

雲烟草樹山北山南雨溪上行人相背去

唯有啼鴂一處　門前萬斛春寒梅花可

憐摧殘使我長忘酒易要君不作詩難

書王德由主簿扇

溪回沙淺紅杏都開遍鷺鷥不知春水暖

猶傍垂楊春岸　片帆千里輕舩行人想

見欹眠誰似先生高舉一行白鷺青天

好事近

中秋席上和王路鈐

明月到今宵長是不如人約想見廣寒宮
殿正雲梳風掠　夜深休更喚笙歌簷頭
雨聲惡不是小山詞就這一場寥索

送李復州致一席上和韻

和淚唱陽關依舊字嬌聲穩回首長安何
處怕行人歸晚　垂楊折盡只啼鴉把離
愁勾引卻笑遠山無數被行雲低損

席上和王道夫賦元夕立春

絲勝鬪華燈平把東風吹却喚雨雪中明
月伴使君行樂　紅旗鐵馬響春冰老去
此情薄惟有前村梅在倩一枝隨着

和城中諸友韻

雲氣上林梢畢竟非空非色風景不隨人
去到而今留得　老無情味到篇章詩債
怕人索却笑近來林下有許多詞客

稼軒長短句卷之十

稼軒長短句卷之十一

菩薩蠻

金陵賞心亭為葉丞相賦

青山欲共高人語聯翩萬馬來無數煙雨却低回望來終不來 人言頭上髮總向愁中白拍手笑沙鷗一身都是愁

用前韻

錦書誰寄相思語天邊數徧飛鴻數一夜夢千回梅花入夢來 漲痕紛樹髮霜落

瀟湘白心事莫驚鷗人間千萬愁

又

江搖病眼昏如霧送愁直到津頭路歸念
樂天詩人生足別離　雲屏深夜語夢到
君知否玉筯莫偷垂斷腸天不知

書江西造口壁

鬱孤臺下清江水中間多少行人淚西北
望長安可憐無數山　青山遮不住畢竟
江流去江晚正愁余山深聞鷓鴣

又

西風都是行人恨，馬頭漸喜歸期近。試上
小紅樓，飛鴻字字愁。　闌干閑倚處，一帶
山無數。不似遠山横，秋波相共明。

又

功名飽聽兒童說，看公兩眼明如月。萬里
勒燕然，老人書一編。　玉階方寸地，好趂
風雲會。他日赤松游，依然萬戶侯。

送祐之弟歸浮梁

無情最是江頭柳長條折盡還依舊木葉下平湖雁來書有無　雁無書尚可好語憑誰和風雨斷腸時小山生桂枝

送鄭守厚卿赴闕

送君直上金鑾殿情知不久須相見一日甚三秋愁來不自由　九重天一笑定是留中　了白髮少經過此時愁奈何

送曹君之莊所

人間歲月堂堂去勸君快上青雲路　聖處

一燈傳工夫螢雪邊　麴生風味總辜負

西窗約欲岸片帆開寄書無雁來

席上分賦得櫻桃

香浮乳酥玻璨盤年年醉裏嘗新慣何物

比春風歌啓一點紅　江湖清夢勸翠籠

明光㲉萬顆瀉輕勻低頭愧野人

賦摘阮

阮琴斜挂香羅綬玉纖初試琵琶手桐葉

雨聲乾眞珠落玉盤　朱絃調未慣笑倩

春風休莫作別離聲且聽雙鳳鳴

雪樓賞牡丹席上用揚氏瞻韻

紅牙籤上羣僊格翠羅蓋底傾城色和雨泪闌干沈香亭北看　東風休放去怕有流鶯訴試問賞花人曉粧匀未匀

和盧國華提刑

旌旗依舊長亭路尊前試點鶯花數何處捧心顰人間別樣春　功名君自許少日聞雞舞詩句到梅花春風十萬家（時籍中有放自便者）

贈張醫道服為别且令餽河豚

萬金不換囊中術上醫元自能醫國軟語到更闌綈袍范叔寒　江頭楊柳路馬踏春風去快趂雨三杯河豚欲上來

趙晉臣席上　時張菩提葉燈趙茂嘉扶病攜歌者

看燈元是菩提葉依然會說菩提法法似一燈明須臾千萬燈　燈邊花更滿誰把空花散說與病維摩而今天女歌

題雲巖

遊人占却巖中屋白雲只在簷頭宿啼鳥
苦相催夜深歸去来　松篁通一徑噤嵾
山花冷今古幾千年西鄉小有天

重到雲巖戲徐斯遠

君家玉雪花如屋未應山下成三宿啼鳥
幾曾催西風猶未来　山房連石徑雲臥
衣裳冷倩得李延年清歌送上天

晝眠秋水

葛巾自向滄浪濯朝来漉酒那堪着高樹

莫鳴蟬晚涼秋水眠　竹床纔幾尺上有
華胥國山上咽飛泉夢中琴斷絃

卜算子

脩竹翠羅寒遲日江山暮幽逕無人獨自
芳此根知無數　只共梅花語懶逐遊絲
去着意尋春不肯香香在無尋處

為人賦荷花

紅粉靚梳粧翠蓋低風雨占斷人間六月
涼明月鴛鴦浦　根底藕絲長花裏蓮心

苦只為風流有許愁更襯佳人步

聞李正之茶馬訃音

欲行且起行欲坐重來坐坐行行有倦時更枕閑書卧　病是近來身懶是從前我靜掃瓢泉竹樹陰且恁隨緣過

飲酒敗德

盜跖儻名丘孔子還名跖跖聖丘愚直到今美惡無真實　簡策寫虛名螻蟻侵枯骨千古光陰一霎時且進杯中物

用莊語

一以我爲牛一以我爲馬人與之名受不辭善學莊周者　江海任虛舟風雨從飄瓦醉者乘車墜不傷全得於天也

又

夜雨醉瓜廬春水行秧馬點檢田間快活人未有如翁者　掃禿兔毫錐磨透銅臺瓦誰伴揚雄作解嘲烏有先生也

又

珠玉作泥沙山谷量牛馬試上畾畾丘壠
看誰是強梁者　水浸淺深簷山壓高低
尾山水朝來笑問人翁早歸來也

又

千古李將軍奪得胡兒馬李蔡為人在下
中却是封侯者　芸草去陳根筧竹添新
尾蔦一朝家業力田舍我其誰也

同韻答趙晉臣敷文趙有眞得
帰方是閑堂

百郡怯登車，千里輸流馬，乞得膠膠擾擾身，却笑區區者。野水玉鳴渠，急雨珠跳瓦，一榻清風方是閑，真是歸來也。

又

萬里籋浮雲，一噴空凡馬。嘆息曹瞞老驥詩，伏櫪如公者。山鳥哢窺簷，野鼠飢翻瓦，老我癡頑合住山，此地菟裘也。

齒落

剛者不堅牢，柔底難摧挫，不信張開口了

看舌在牙先墮　已闕兩邊廂又豁中間箇說與兒曹莫笑翁狗竇從君過

飲酒成病

一箇去學僊一箇去學佛僊飲千杯醉似泥皮骨如金石　不飲便康強佛壽須千百八十餘年入涅盤且進杯中物

飲酒不寫書

一飲動連宵一醉長三日廢盡寒溫不寫書富貴何由得　請看塚中人塚似當時

筆萬札千書只恁休且進杯中物

醜奴兒

醉中有歌此詩以勸酒者聊檃括之

晚來雲淡秋光薄落日晴天落日晴天堂上風斜畫燭烟

從渠去買人間恨字字都圓字字都圓腸斷西風十四絃

尋常中酒扶頭後歌舞支持歌舞支持誰

把新詞嗖任伊
臨岐也有旁人笑笑已爭知笑已爭知明
月樓空燕子飛

書博山道中壁

烟蕪露麥荒池柳洗雨烘晴洗雨烘晴一
樣春風幾樣青
提壺脫袴催歸去萬恨千情萬恨千情各
自無聊各自鳴
此生自斷天休問獨倚危樓獨倚危樓不

信人間别有愁　君來已是眠時節君且

歸休君且歸休說與西風一任秋

又

少年不識愁滋味愛上層樓愛上層樓爲

賦新詞強說愁　而今識盡愁滋味欲說

還休欲說還休却道天涼好箇秋

又

近來愁似天來大誰解相憐誰解相憐又

把愁來做箇天　都將今古無窮事放在

愁邊放在愁邊却自移家向酒泉

和鉛山陳簿韻二首

鵝湖山下長亭路明月臨關明月臨關幾陣西風落葉乾　新詞誰解裁冰雪筆墨生寒筆墨生寒會說離愁千萬般

年年索盡梅花笑疏影黄昏疏影黄昏香滿東風月一痕　清詩冷落無人寄雪艷冰魂雪艷冰魂浮玉溪頭煙樹村

浣溪沙

未到山前騎馬回風吹雨打已無梅共誰
消遣兩三杯　一似舊時春意思百無是
處老形骸也曾頭上戴花來

黃沙嶺

寸步人間百尺樓孤城春水一沙鷗天風
吹樹幾時休　突兀趁人山石很朦朧避
路野花羞人家平水廟東頭

壽內子

壽酒同斟喜有餘朱顏却對白髭鬚兩人

百歲恰乘除　婚嫁剩添兒女拜平安頻拆外家書年年堂上壽星圖

瓢泉偶作

新葺茆簷次第成青山恰對小窗櫺去年曾共燕經營　病怯杯盤甘止酒老依香火苦翻經夜來依舊管絃聲

壬子春赴閩憲别瓢泉

細聽春山杜宇啼一聲聲是送行詩朝來白鳥背人飛　對鄭子真巖石卧赴陶元

亮菊花期而今堪誦北山移

常山道中即事

北壠田高踏水頻西溪禾早已青新隔墻沽酒煑纖鱗 忽有微涼何處雨更無留影霎時雲賣瓜人過竹邊村

偕杜叔高吳子似宿山寺戲作

花向今朝粉面勻柳因何事翠眉顰東風吹雨細於塵 自笑好山如好色只今懷樹更懷人閑愁閑恨一番新

又

歌串如珠箇箇勻　被花勾引笑和顰　向來驚動畫梁塵　莫倚笙歌多樂事　相看紅紫又拋人　舊巢還有燕泥新

又

父老爭言雨水勻　眉頭不似去年顰　殷勤謝却甑中塵　啼鳥有時能勸客　小桃無賴已撩人　梨花也作白頭新

別杜叔高

這裏裁詩別離那邊應是望歸期人言心急馬行遲　去雁無憑傳錦字春泥抵死汚人衣海棠過了有荼蘼

席上趙景山提幹賦溪臺和韻

臺倚崩崖玉滅瘢青山却作捧心顰遠林烟火幾家村　引入滄浪魚得計展成寥闊鶴能言幾時高處見層軒

又

妙手都無斧鑿瘢飽參佳處却成顰恰如

春入浣花村　筆墨今宵光有艷管絃從

此悄無言主人席次兩眉軒

種松竹未成

草木於人也作踈秋來咫尺異榮枯空山

歲晚孰華乎　孤竹君窮猶抱節赤松子

嫩已生鬚主人相處肯留無

種梅菊

百世孤芳肯自媒直須詩句與推排不然

喚近酒邊來　自有陶潛方有菊若無和

請即無梅祗今何處向人開

別成上人併送性禪師

梅子生時到幾回桃花開後不須猜重來松竹意徘徊　慣聽禽聲應可譜飽觀魚陣已能排曉雲挾雨喚歸來

添字浣溪沙

答傳嵒叟酬春之約

艷杏妖桃兩行排莫携歌舞去相催次第未堪供醉眼去年栽　春意纔從梅裏過

人情都向柳邊來咫尺東家還又有海棠
開

用前韻謝崑叟瑞香之惠

句裹明珠字字排多情應也被春催怪得
名花和泪送雨中栽 赤脚未安芳斛穩
娥眉早把橘枝來報道錦熏籠底下麝臍
開

三山戲作

記得瓢泉快活時長年躭酒更吟詩蓦地

捉將來斷送老頭皮遶屋人扶行不得閑

窻學得鷓鴣啼却有杜鵑能勸道不如歸

又

日日閑看燕子飛舊巢新壘畫簾低玉階

今朝推戊已住銜泥　先自春光留不住

那堪更着子規啼一陣晚香吹不斷落花

溪

與客賣山茶一朶忽墮地戲作

酒面低迷翠被重黃昏院落月朦朧墮髻

啼粧孫壽醉泥秦宮　試問花留春幾日
略無人管雨和風聲向綠珠樓下見墜殘
紅

簡傳嵓叟

總把平生入醉鄉大都三萬六千場今古
悠悠多少事莫思量　微有寒些春雨好
更無尋處野花香年去年來還又笑燕飛
忙

用前韻謝傳巖叟餽名花鮮蕈

楊柳溫柔是故鄉紛紛蜂蝶去年場大率
一春風雨事最難量　滿把携來紅粉面
堆盤更覺紫芝香幸自麴生閑去了又敎
忙　纔上酒

病起獨坐停雲

强欲加餐竟未佳只宜長伴病僧齋心似
風吹香篆過也無灰　山下朝來雲出岫
隨風一去未曾回次第前村行雨了合歸
來

虞美人

賦荼蘼

羣花泣盡朝來露爭怨春歸去不知庭下有荼蘼偷得十分春色怕春知　淡中有味清中貴飛絮殘紅避露華微浸玉肌香恰似楊妃初試出蘭湯

壽趙文鼎提舉

翠幈羅幙遮前後舞袖翻長壽紫髯冠佩御爐香看取明年歸奉萬年觴　今宵池

上蟠桃席咫尺長安日寶烟飛熖萬花濃
試看中間白鶴駕僊風

用前韻

一杯莫落他人後富貴功名壽曾中書傳
有餘香看寫蘭亭小字記流觴　問誰分
我漁樵席江海消閑日看看天上拜恩濃
却怕畫樓無處着春風

賦虞美人草

當年得意如芳草日日春風好拔山力盡

忽悲歌歎罷虞兮從此奈君何　人間不識稱識苦貪看青青舞鸞愁斂袂却亭亭怕是曲中猶帶楚歌聲

浪淘沙

山寺夜半聞鍾

身世酒杯中萬事皆空古來三五箇英雄雨打風吹何處是漢殿秦宮　夢入少年叢歌舞匆匆老僧夜半誤鳴鍾驚起西囱眠不得捲地西風

賦虞美人草

不肯過江東玉帳匆匆只今草木憶英雄唱着虞兮當日曲便舞春風 兒女此情同往事朦朧湘娥竹上泪痕濃舜盖重瞳堪痛恨羽又重瞳

送吴子似縣尉

金玉舊情懷風月追陪扁舟千里興佳哉不似子猷行半路却棹船回 来歲菊花開記我清杯西風鴈過瑱山臺把似倩他

書不到好與同来

減字木蘭花

僧窗夜雨茶鼎熏爐宜小住却恨春風勾引詩来惱殺翁　任歌未可且把一尊料理我我到亡何却聽儂家陌上歌

又

昨胡官告一百五年村父老更莫驚疑剛道人生七十稀　史君喜見恰限華堂開壽宴問壽如何百代兒孫擁太婆

長沙道中壁上有婦人題字若

有恨者用其意為賦

盈盈泪眼往日青樓天樣遠秋月春花輸與尋常姊妹家　水村山驛日暮行雲無氣力錦字偷裁立盡西風雁不來

稼軒長短句卷之十一

稼軒長短句卷之十二

南歌子

世事從頭減，秋懷徹底清。夜深猶遶枕邊聲。試問清溪底事未能平。　月到愁邊白，雞先遠處鳴。是中無有利和名。因甚山前未曉有人行。

獨坐蔗菴

玄入參同契，禪依不二門。細看斜日隙中塵。始覺人間何處不紛紛。　病笈春先到

閑知嬾是眞百般啼鳥苦撩人除却提壺
此外不堪聞

新開池戲作

散髮披襟處浮瓜沉李杯消消淥水細侵
階鑿箇池兒喚箇月兒來 畫棟頻搖動
紅蕖盡倒開鬭匀紅粉照香腮有箇人人
把做鏡兒猜

醉太平

態濃意遠眉顰笑淺薄羅衣窄絮風軟鬢

雲歎翠卷　南園花樹春光暖紅香徑裏
榆錢滿欲上秋千又驚懶且歸休怕晚

漁家傲

為余伯熙察院壽信之讖云水
打烏龜石三台出此時伯熙舊
居城西直龜山之北溪水齧山
足矣意伯熙當之耶伯熙學道
有新功一日語余云溪上嘗得
異石有文隱然如記姓名且有

長生等字余未之見也因其生
朝姑撫二事爲詞以壽之
道德文章傳幾世到君合上三台位自是
君家門户事當此際龜山正抱西江水
三萬六千排日醉鬢毛只恁青青地江裏
石頭爭獻瑞分明是中間有箇長生字

錦帳春

席上和杜叔高

春色難留酒杯常淺更舊恨新愁相間五

更風十里夢看飛紅幾片這般庭院　幾許風流幾般嬌嬾問相見何如不見燕飛忙鶯語亂恨重簾不捲翠屏平遠

太常引

建康中秋夜為呂潛叔賦

一輪秋影轉金波飛鏡又重磨把酒問姮娥被白髮欺人奈何　乘風好去長空萬里直下看山河斫去桂婆娑人道是清光更多

壽耕南澗尚書

君王着意復聲聞便合押紫宸班今代又尊耕道吏部文章泰山　一杯千歲問公何事早伴赤松閑功業後來看似江左風流謝安

賦十四絃

儕機似欲織纖羅髣髴度金梭無奈玉纖何却彈作清商恨多　朱䰂影裏如花半面絶勝隔簾歌世路苦風波且痛飲公無

渡河

壽趙晉臣敷文彭溪晉臣所居

論公耆德舊宗英吳季子百餘齡奉使老

於行更看舞聽歌最精　須同衛武九十

入相菉竹自青青富貴出長生記門外清

溪姓彭

東坡引

玉纖彈舊怨還敲繡屏面清歌目送西風

鴈鴈行吹字斷鴈行吹字斷　夜深拜月

瑣窗西畔但桂影空階滿翠帷自掩無人
見羅衣寬一半羅衣寬一半

又

君如梁上燕妾如手中扇團團清影雙
伴秋來腸欲斷秋來腸欲斷 黃昏淚眼
青山隔岸但咫尺如天遠病來只謝旁人
勸龍華三會頭龍華三會頭

又

花梢紅未足條破驚新綠重簾下徧闌干

千曲有人春睡熟有人春睡熟鳴禽破夢雲偏目蹙起來香腮褪紅玉花時愛與愁相續羅裙過一半羅裙過一半

夜遊宮

苦俗客

幾箇相知可喜才廝見說山說水顛倒爛熟只這是怎奈向一回說一回美　有箇尖新底說底話非名即利說得口乾罷過你且不罷俺略起去洗耳

戀繡衾

無題

夜長偏冷添被兒枕頭兒移了又移我自是笈别人底却元来當局者迷如今只恨因緣淺也不曾底死恨伊合下手安排了那筵席須有散時

杏花天

病来自是於春嬾但别院笙歌一片蛛絲網遍玻瓈盞更問舞裙歌扇有多少鶯

態蝶怨甚夢裏春歸不管楊花也簸人情

淺故故沾衣撲面

又

牡丹昨夜方開徧畢竟是今年春晚荼蘼

付與薰風管燕子忙時鶯懶多病起日

長人倦不待得酒闌歌散副能得見荼醾

面却早安排腸斷

嘲牡丹

牡丹比得誰顏色似宮中太眞第一漁陽

鼙鼓邊風急人在沉香亭北　買栽池館
多何益莫虛把千金拋擲若教解語應傾
國一箇西施也得

唐河傳

傚花間體

春水千里孤舟浪起夢携西子覺來村巷
夕陽斜幾家短墻紅杏花　晚雲做造些
兒雨折花去岸上誰家女太顛狂那邊柳
綿被風吹上天

醉花陰

爲人壽

黄花謾說年年好也趁秋光老綠鬢不驚秋若鬭尊前人好花堪笑

蟠桃結子知多少家住三山島何日跨飛鸞滄海飛塵人世因緣了

品令

族姑慶八十來索俳語

更休說便是箇任世觀音菩薩甚今年容

貌八十歲見底通纔十八　莫獻壽星香
燭莫祝靈椿龜鶴只消得把筆輕輕去十
字上添一撇

惜分飛

翡翠樓前芳草路寶馬墜鞭暫駐最是周
郎顧幾度歌聲誤　望斷碧雲空日莫瀟
水桃源何處聞道春將去更無人管飄紅
雨

柳梢青

和范先之席上賦牡丹

姚魏名流年年攬斷雨恨風愁解釋春光剩須破費酒令詩籌　玉肌紅粉温柔更染盡天香未休今夜簪花他年第一玉殿東頭

三山歸途代白鷗見嘲

白鳥相迎相憐相笑滿面塵埃華髮蒼顔去時曾勸聞早歸來　而今豈是高懷為千里蓴羹計哉好把移文從今日日讀取

千回

辛酉生日前兩日夢一道士話長年之術夢中痛以理折之覺而賦

八難之辭

莫鍊丹難黃河可塞金可成難休辟穀難吸風飲露長忍飢難　勸君莫遠遊難何壽有西王母難休采藥難人沈下土我上天難

河瀆神

女城祠 効花間體

芳草緑萋萋，斷腸絶浦相思山頭人望翠雲旗蕙肴桂酒君歸 惆悵畫簷双燕舞東風吹散靈雨香火冷殘簫鼓斜陽門外今古

武陵春

桃李風前多嫵媚楊柳更温柔嗅取笙歌爛熳遊且莫管閑愁 好趂晴時連夜賞雨便一春休草草杯盤不要收纔曉又扶

頭

又

走去走來三百里五日以為期六日歸時

已是疑應是望多時

鞭箇馬兒歸去也心急馬行遲不免相煩

喜鵲兒先報那人知

謁金門

遮素月雲外金蛇明滅翻樹啼鴉聲未澈

雨聲驚落葉　寶炬成行嫌熱玉朧藕絲

誰雪淥水高山絃斷絶愁蛙聲自咽

又

山吐月畫燭從教風滅一曲瑤琴纔聽澈

金蕉三兩葉　驟雨微涼還熱似欠舞瓊

歌雪近日醉鄉音問絶有時清淚咽

又

歸去未風雨送春行李一枕離愁頭澈尾

如何消遣是　遙想歸舟天際綠鬢瓏璁

慵理好夢未成鶯喚起彩香猶有殢

酒泉子

流水無情潮到空城頭盡白離歌一曲怨殘陽斷人腸　東風官柳舞雕牆三十六宮花濺淚春聲何處說興亡燕雙雙

霜天曉角

吳頭楚尾一棹人千里休說舊愁新恨長亭樹今如此　宦游吾倦矣玉人留我醉明日落花寒食得且住為佳耳

又

暮山層碧掠岸西風急一葉軟紅深處應
不是利名客　玉人還佇立綠窗生怨泣
萬里衡陽歸恨先倩鴈寄消息

點絳唇

留博山寺聞光風主人微恙而
歸時春漲斷橋

隱隱輕雷雨聲不受春回護落梅如許吹
盡牆邊去　春水無情礙斷溪南路憑誰
詐寄聲傳語沒箇人知處

又

身後虛名古來不換生前醉青鞋自喜不踏長安市　竹外僧歸路指霜鐘寺孤鴻起丹青手裏剪破松江水

生查子

山行寄楊民瞻

昨宵醉裏行山吐三更月不見可憐人一夜頭如雪　今宵醉裏歸明月關山笛收拾錦囊詩要寄楊雄宅

氏贈見和再用韻

誰傾滄海珠，歎弄千明月。喚取酒邊来，軟語裁春雪。　人間無鳳凰，空費穿雲笛。醉裏却歸来，松菊陶潛宅。

有覓詞者爲賦

去年燕子来，繡戶深深處。花徑得泥歸，都把琴書汚。　今年燕子来，誰聽呢喃語。不見捲簾人，一陣黄昏雨。

獨遊雨巖

溪邊照影行天在清溪底天上有行雲人在行雲裏 高歌誰和余空谷清音起非鬼亦非僊一曲桃花水

又

青山招不來偃蹇誰憐汝歲晚太寒生嗖我溪邊住 山頭明月來本在天高處夜夜入清溪聽讀離騷去

又

青山非不佳未解留儂住赤腳踏曾冰為

愛清溪故　朝來山鳥。勸上山高處栽意

不關渠自要尋詩去　啼

簡吳子似縣尉

高人千丈崖太古儲冰雪六月火雲時一

見森毛髮　俗人如盜泉照影都昏濁高

處掛吾瓢不飲吾寧渴

和趙晉臣敷文春雪

漫天春雪來纔抵梅花半最愛雪邊人楚

些裁成亂　雪兒偏解歌只要金杯滿誰

道雪天寒翠袖闌干暖

又

梅子褪花時直與黄梅接烟雨幾曾開一春江裏活　富貴使人忙也有閑時節莫作路旁花歲長人看殺

題京口郡治塵表亭

悠悠萬世功矻矻當年苦魚自入深淵人自居平土　紅日又西沈白浪長東去不是望金山我自思量禹

尋芳草　調陳華叟憶内

有淂許多泪，更閑却、許多鴛被。枕頭兒、放處都不是，舊家時、怎生睡。　更也没書來，那堪被、鴈兒調戲。道無書、却有書中意。排幾箇、人人字。

阮郎歸

耒陽道中為張處父推官賦

山前燈火欲黄昏，山頭來去雲。鷓鴣聲裏數家村，瀟湘逢故人。　揮羽扇，整綸巾，少

年鞍馬塵如今憔悴賦招魂儒冠多悞身

昭君怨

豫章寄張守宗叟

長記瀟湘秋晚歌舞橘洲人散走馬月明中折芙蓉　今日西山南浦畫棟朱簾雲雨風景不爭多奈愁何

送晁楚老遊荊門

夜雨剪殘春韭明日重斟別酒君去問曹瞞好公安　試看如今白髮却為中年離

別風雨　正催嵬早歸来

又

人面不如花面花到開時重見獨倚小闌干許多山　落葉西風時候人共青山都瘦說道夢陽臺幾曾来

烏夜啼

山行約范先之不至

江頭醉倒山公月明中記得昨宵歸路笑兒童　溪欹轉山已斷兩三松一段可憐

風月欠詩翁

先之見和復用韻

人言我不如公酒杯中更把平生湖海闊

兒童千尺蔓雲葉亂繫長松却笑一身纏

繞似衰翁

又

晚花露葉風條燕高高行過長廊西畔小

紅橋　歌再唱人再舞酒才消更把一杯

重勸摘櫻桃

一落索

羞見鑑鸞孤却，倩人梳掠。一春長是爲花愁，甚夜夜、東風惡。　行遶翠簾珠箔，錦牋誰託。玉觴淚滿却停觴，怕酒似、郎情薄。

信守王道夫席上用趙達夫賦金林檎韻

錦帳如雲處高，不知重數。夜深銀燭淚成行，算都把、心期付。　莫待燕飛泥污，問花花訴。不知花定有情無，似却怕、新詞妒。

如夢令　賦梁燕

燕子幾曾歸去只在翠巖深處重到畫梁間誰與舊巢爲主深許深許聞道鳳凰來住

憶王孫

登山臨水送將歸悲莫悲兮生別離不用登臨怨落暉昔人非惟有年年秋鴈飛

大德己亥中呂月刊畢于廣信

書院後學孫粹然同職張公俊

稼軒長短句卷之十二

文獻通考稼軒詞四卷陳氏曰信州本十二卷視長沙爲多此元大德間所刊以卷數考之蓋出於信州本宋史藝文志云辛棄疾長短句十二卷亦即此也嘉慶己未黄圃買得於胥董肆內缺三葉出舊藏汲古閣抄本命予補足因檢卷中所有之字集而爲之所無者僅十許字耳既竣遂識數語於後　七月廿二日　澗蕢書

嘉慶庚申十月長洲陶梁觀

十月四日嘉定瞿中溶同觀

光緒癸未秋晉試東昌畢登楊氏海原閣内鳳阿舍人借讀是書閱二年乙酉九月歸之書以志眼福 汪鳴鑾

光緒十有三年九月臨桂王鵬運借校汲古閣本吴縣許玉瑑同觀并識